魔法使いの弟子

ジョルジュ・バタイユ

酒井健［訳］

初出

Georges Bataille « L'apprenti sorcier »
La Nouvelle Revue Française, no.298 (26e année), 1er juillet 1938,
« Pour un collège de sociologie », p.8-25.

本文中の凡例

［ ］↓訳者による註
……↓原文が下付き中断記号 . . .
ゴシック体↓原文がイタリック体

魔法使いの弟子　4

魔法使いの弟子【原注1】

1　欲求がないことは満足がないことよりも不幸だ

人には、多くの欲求があり、欲求不満で苦しまないためにそれらの欲求を満足させねばならない。その一方で人は、不幸に見舞われているときでさえ、苦痛を感じないことがある。この場合、運悪く、欲求を満たす手段がそもそも奪われているという事態もありうるが、しかしこれに劣《おと》らず不幸なのは、自分の根本的な欲求のどれかがないということなのだ。たとえば、男の性欲、あの雄々しい性欲が欠けていると、男は苦痛も欲求不満の苦しみも感じないし、この欠如によって衰弱しはしても満足というものがなくなるわけではない。しかしこれはひとつの不幸として恐れられている。

要するに、病いと感じさせないまま、人々を襲《おそ》っている第一級の病いがあるのだ。この病いは、将来生じうる身体の損壊を脅威《きょうい》として予測せねばならない人にだけ病いと映っている。

肺結核は、苦痛を引き起こさずに気管支をどんどん破壊していくが、まちがいなく、最も悪性の病いだろう。同じことは、目立たないままに、そしてまた意識できると思われることすらないままに、人を滅ぼしていくすべてのことにあてはまる。人間を襲う最大の害悪は、人間の実存〔訳注1〕を隷属《れいぞく》的な器官の状態に貶《おとし》める害悪だろう。ところが誰一人として、政治家、作家、学者になることは絶望的なことだと気づかない。気づかれることのない欠如を直すことは難しい。人間社会の役割の一つになるためだけに完全な人間〔訳注2〕になることを断念する人、こんな人を蝕《むしば》んでいる完全性の欠如を直すのは難しい。

2　人間でありたいという欲求を失った人間

もしも害悪が不運な数人にしか及ばないならば、その害悪は重大とは言えないだろう。自分の文学作品の栄光を自分一人の運命の成就《じょうじゅ》とみなす人はこの人ひとりだけのつまらない思い違いをしているにすぎない。しかし、この人の文学の営みの向こうにあるはずの人間の生全般が衰退しているとなると、事態は深刻である。じっさい今や、人間全般の生が衰退しているのである。そのため学問、政治、芸術の向こうには何も存在しなくなっているのだ。学問、政治、芸術は、どれもそれ自体のためにだけ、孤立して生きていかざるをえなくなっている。それぞれが主人を亡くした従者のようなのだ。

人間の活動の大部分は、有益な物品を生産する活動に隷属《れいぞく》しており、この事態に決定的な変化は望めないように思う。人間は、労働という奴隷《どれい》状態を、もはや乗り越えることのできない限界とみなしすぎている。が、さらにひどいことに、実存がこれほどむなしくて不条理になってしまったために、奴隷は、芸術、政治、学問が奴隷にこのようにあれと差し出す生き方に忠実に従いながら、これを信ぜよと差し出す事柄を忠実に信じながら、物品の生産を全うするよう余儀《よぎ》なくされているのである。そうして奴隷は、出会うものすべてを、人間の運命のなかの自分の取り分だとあさましく誤解してしまう。これら芸術、政治、学問の分野で幅をきかす《お偉方たち》が、こうして、奴隷のように生きる他の人間すべてに限界となって立ちはだかっている。そして、警鐘《けいしょう》を鳴らすはずの苦痛が、どれとして、この奴隷状態、この人間の壊死《えし》状態に反応していないのだ。かろうじて、この衰弱状態への意識があるくらいなのである（それもこの意識は、たいした結末に到らなかった期待はずれの緊張の思い出といっしょになっている場合は、苦痛どころか心地よいものにさえなっている)。

何も愛さずにいるということが人間には許されている。というのも、人間を誕生させたこの原因も目的もない宇宙は、必ずしも、人間が受け入れることができるような運命を人間に与えてきたわけではないからだ。しかも、人間は、人間の運命におびえているし、味気のない暮らしと犯罪と惨事の連続に耐えられずにいるのであって、もはや雄々しくあることなどできずにいる。そうして人間自身に背を向けてしまうと、人間はもう苦痛のうめき声をあげる理由さえ持たなくなる。人間は、自分の真の在り方を忘れることでやっとのこと、自分に降ってきた実存に耐えているというありさまなのだ。そこへもってきて、芸術家、政治家、学者は、人間に嘘をつく任務を引き受けている。これら実存を支配する人々は、たいがいの場合、誰よりもじょうずに自分に嘘のつける人々なのだ。したがって他人に嘘をつくのが誰よりもうまい。こうしたなかで、雄々しさがすたれ、それに応じて人間の運命への愛もすたれていく。我々の運命の英雄的で魅惑《みわく》的なイメージをしりぞけるために、ありとあらゆる逃げ口上が歓迎されている。人間でありたいという欲求が欠落しているこの世界には、有益な人間の魅力なき顔のための場所しかもうないのだ。

しかしこの欲求のなさは、起こりうる最悪の事態であるのに、幸福な事態であるかのように感じられている。この欲求不足が悪いこととして現れてくるのは、ある人間が《運命愛《アモール・ファティ》［訳注3］》を粘り強く追求して、ついには現在の世界と無関係になる、そんなときだけなのだ。

3　学問の人間

《人間でありたいという欲求を恐怖のために失ってしまった人間》が、自分の最大の希望を学問に託したのである。この人間は、自分の運命を生きたいと欲していたときには行為が**総合性**を帯びていたのだが、学問を選んだときからこの総合性を断念してしまったのだ。というのも、学問の行為は自律的であらねばならず、学者はそのために認識欲以外の人間の関心をすべて排除してしまうからである。学問の任務を引き受ける人は、人間の運命を生きたいという気持ちを捨てて、真実を発見したいという気持ちに走ってしまう。この人は、総合性から一個の部分へ移っていく。そしてこの部分のための務めは、他の務めなどもはやどれも重要ではないと要求してくるのだ。学問は一つの機能である。この機能は、本来は運命に仕えるべきだったのだが、しかし運命の場を奪って占拠《せんきょ》し、そうしては

じめて発展することができたのである。というのも、学問は、召使いであったあいだは、何もできなかったのだから。〔訳注4〕

理不尽なことだが、一つの機能が、自分のことを自由な目的だと思わせてはじめて自分を完全なものにさせることができたのである。

人間が意のままにするはずの知識の全体が、この種の欺瞞《ぎまん》の影響を受けている。人間の領域がこうして発展していくのは本当だが、しかしこの発展は人間の実存を不具にしていくのである。【原注2】

4　フィクションの人間

芸術が自らに課す機能はもっと曖昧《あいまい》だ。というのも、作家や画家が実存を捨てることに同意してしまったようには必ずしも見えないからである。彼らの自己放棄は学問の人間の場合よりも突きとめるのが難しい。絵画や文学が表現しているものは、学問の諸法則で頭が空っぽになったような見取り図的外観を呈していない。絵画や文学が描き出す錯乱した人物たちは、体系的に再現された学問の現実とは違い、もっぱらショッキングな魅力を帯びて我々の眼の前に現れる。だが本当のところ、画布に描かれた幻の人々、小説に描かれた幻影たちは、何を意味しているのだろうか。彼らは、我々の目ざめているこの世界が、仕事も何もしない我々の実存者たちにほんの少しでも棲《す》みつかれるのにふさわしいように と呼び出されているのだが、彼ら自身の意味はいったい何なのだろうか。絵画の幻想のイメージのなかではすべてが虚偽《きょぎ》なのだ。文学の世界も同じで、もはやためらいも恥らいもない嘘で、すべてが虚偽になっているのだ。こうして、生の二つの本質的要素、つまり普遍的な真実と人間にとっての意味とが、厳密に分離させられていく。学問が追求する真実は人間にとっての意味を失ってはじめて真実になるし、何ごともフィクションである条件ではじめて人間にとって意味を持つようになるのである。

学問の召使いたちは、真実の世界から人間の運命を排除してしまった。美術の召使いたちは、不安な運命に駆《か》られて幻影を描き出すのだが、それを真の世界とすることを諦めてしまった。しかしその彼らとて、フィクションではない現実の生に達しなければならないのであり、この必要性から逃げるのは容易ではない。美術の召使いたちは、自分が作りあげた人物たちにつかのまの幻影の実存を与えてやることはできる。しかし彼ら自身が、生きたまま、真実の世界へ、つまり金銭、栄誉、社会序列の世界へ、入っていかねばならないのだ。それゆえ彼らは、不完全な生しか持てずにいる。彼らは、自分が描いたものに自分がもてあそばれているとしばしば考える。しかし絵の中の人物のように真の実存を持っていないものは、人を本当にもてあそんだりしない。彼ら美術の召使いたちは、自分の職業にもてあそばれているだけなのだ。かつて神々は人間の外部から人間をもてあそんでいたのだが、ロマン主義は、この神々に代えて、死に至る詩人の不幸な運命がもてあそぶようにした。しかしそうしても、ロマン主義は不完全な生から抜け出ることができなかった。不幸を、詩人という職業の新たな形式にすることしかできなかったのだ。そしてロマン主義は、ロマン主義を唱えながらも死ぬことのなかった人々の嘘を、さらにいっそう痛ましいものにしていったのである。

5　行動に奉仕するフィクション

虚偽が画家や作家の職業に関係してくると、さらに一般的に言えば、虚偽が彼らの**自我**に関係してくると、その虚偽はフィクションをもっと強固な現実に役立つようにとそそのかす。それゆえ美術と文学は、自己充足した一世界を形成しない場合には、現実の世界に従属して、教会や国家の栄光を称《たた》えるのに貢献したりする。あるいはこの現実の世界が政教分離のように分裂しているならば、宗教のためにしろ、政治のためにしろ、それぞれの分野で行動と宣伝《プロパガンダ》に貢献したりする。だがこの場合は、もはや装飾か他人への奉仕でしかない。それ以上の事態、つまりもしも人々が仕えていた制度や組織が革命のように人間の運命の矛盾した動きによって揺さぶられることがあるならば、美術は、人間の深い実存に仕えてそれを表現する可能性に出会うことになる。〔訳注5〕この場合、その組織の利害が特殊な状況や共同体に関係しているのならば、美術は、深い実存と党派的な行動とのあいだに混同をもたらす。その党派の人々に対してさえ、ときにひどいショックを与えかねない混同をもたらすのだ。

多くの場合、人間は、人間の運命を、フィクションのなかでしか生きることができずにいる。その一方でフィクションに従事している人間は、自分が描く人間の運命を自分自身全うできないことで苦しんでいる。フィクションの外へ出たところで作家という職業のなかに留まらざるをえないことに苦しんでいるのだ。だから彼はせめて、彼の心に棲《す》みつく幻影たちを現実の世界へ出してやろうと努力する。しかしそれら幻影たちが、現実の世界に、つまり行動によって真になる世界に属するようになると、言い換えると、作家がこれら幻影たちを何らかの特殊な真実に関係づけると、ただちに幻影たちは、その特権を、つまり人間の実存をとことん全うするという特権を失ってしまうのだ。そうなるともはや幻影たちは、この現実の断片化した世界、専門に分かれたこの世界の退屈な反映でしかなくなる。

6　行動の人間

科学が明らかにする真実は人間的な意味を失っている。他方で精神が作り出す**フィクション**だけが、今では奇妙に映ってしまう人間の意志に、つまり人間の運命を全うするという意志に、応《こた》えている。となれば、人間の奇妙な意志が本当に完全になるためには、フィクションが**真実になる**必要がある。じっさい、フィクションを創造する欲求にもてあそばれている人は、人間でありたいという欲求を絶えず感じているのだ。しかしそうでありながら、この人は、人間でありたいという欲求を諦めて、ただ幻影や嘘の物語を創造してばかりいる。この人が雄々しくあるのは、もっぱら現実を自分が考えていることに適合させようと努力している限りでのことなのだ。この人の内部の力はどれも、この人が生まれでてきたこの現実世界、できそこないのこの世界を、気まぐれな夢想の言うなりになるように要求しているのである。

しかしこの内的な力の要求は、ほとんどの場合、不明瞭なかたちでしか現れない。科学のように人間味のないまま現実を映し出すことはむなしく見えるし、フィクションのように現実から逃れるのもむなしく見えてくる。唯一行動だけが世界を変えようと、世界を夢想に似たものへ変えようと、申し出ている。[訳注6]《行動する》という言葉は、エリコのラッパの大音響とともに人々の耳のなかに響き渡る。これほどに荒っぽい効果を持つ命令はない。これを聞いた者は、行為に向かわねばならないと、即刻、無条件に迫られる。他方で、人間を突き動かすあの意志を実現するようにと行動に要求する人は、ただちに奇妙な返事を行動から受け取るのだ。夢想をかかえて行動の世界に乗り込んできた新参者[訳注7]は、効果的な行動を求める意志とはただ死んだような夢想を求めるだけの意志なのだと知る。彼は同意する。そして徐々に理解していく。行動は、行動したという利点しか自分に残さないだろうということを。彼は、自分の夢想に拠《よ》りながら世界を変えようと思っていたのだ。しかしじっさいは、とてつもなく貧しい現実に合わせて自分の夢想を変えてばかりいたのである。結局のところ彼は、自分が持っていた意志を自分のなかで窒息死させることしかできなかったのだ。**《行動する》ことができるようにするために**、である。

7　行動は、人間の世界によって変えられ、この世界を変えることができずにいる

行動を欲する人に行動が最初に求める断念、それは、自分の夢想を、学問が描き出す規模に縮小するということだ。他方で、人間の運命に、フィクションとは違う領域を、たとえば政治の領域を与えたいと思っても、この欲求は、政治の教条主義者たちから軽蔑される。[訳注8] もちろん、過激政党の実践の世界ではこの欲求が遠ざけられることはまずない。[訳注9] というのも過激政党は、闘士たちに命を賭《か》けるように求めているからだ。とはいえ、戦うという条件だけでは一人の人間の運命は現実にならない。さらに必要なのは、この闘士が加わって死に直面している陣営の軍勢と、この闘士の運命が合致することだ。その一方で、教条主義者たちは、一人の人間の運命を好きなように操作して、この運命をすべて同じような物質的幸福に縮小してしまう。行動の言語は、合理的な原則に合致した定形表現しか認めない。学問を規制し、学問を人間の生と無関係なままに維持しておく、そんな合理的な原則にかなう単純な定形表現しか認めないのだ。実存が神話伝説上の英雄という人格的

な形態で定義される姿を取るのと同じような仕方で一個の政治行動が定義され、具体的な姿を取りうるなどとは誰一人考えない。彼ら教条主義者たちをもてあそんでいる欲求に応《こた》えるのは、唯一、生産物や文化所産の適正な配分だけである。この欲求は、人間の顔やその表情（何かを渇望したり、喜び勇んで死に挑んだりする表情）に似ているもの一切を避けて通ろうとする。すでに死につつある一群の英雄に語りかけるようにして闘争中の民衆に語りかけるのは断固憎むべきだと彼らは頑《かたくな》に思い込んでいる。ということは、言わば自分自身の傷口からすでに血を流している人たちに対して彼らは損得の言葉を用いて語りかけているということなのだ。

　行動の人々は、**実存するもの**に従っている、もしくはこれに仕えている。彼らの行動が反逆である場合でも、彼らは、**実存するもの**に従っている。**実存するもの**を破壊して人々から殺されることになっても、まだそうなのだ。彼らは、破壊を行っているときにも、事実上、人間の運命にもてあそばれている。逆に彼らが、彼らの世界を顔のないままに秩序づけようという意志しか持たなくなったときには、人間の運命はあっというまに彼らから離れていく。だが、彼ら行動の人々の破壊が成し遂げられるやいなや、この破壊されたものは再び自分を建設しはじめて、他の人たちと同様に行動の人々にもつきまとって彼らを翻弄《ほんろう》しだすのである。夢想、形の定まらないあれこれの夢想は、学問と理性によってむなしい定形表現に縮小され、もはや《行動》が通り過ぎるときに立ち上る埃《ほこり》にすぎなくなってしまう。彼ら行動の人々は、彼ら自身、奴隷《どれい》化する一方で、行動に抗《あらが》うすべてのものを叩《たた》き壊していく。他の人々に先んじて彼らは行動の必要性を被《こうむ》ったわけだが、彼らの後に現れてこの行動の必要性に屈せずにいるすべてのものを叩き壊していくのだ。しかしそうして彼らは、彼らを運んでいく運命の流れ、彼らの無力な動乱がかえって加速させるあの流れに、ただ盲目的に身を捧げているだけなのだ。

8　分裂する実存

このように三つの断片に分裂してしまった実存など、もう**実存**であることをやめてしまっているのだ。それはもはや芸術か学問か政治にすぎず、実存ではない。かつて野蛮な単純さによって人間に対する支配がごり押しされていた社会に、今や学者、政治家、芸術家しかいないのだ。実存を諦めて何かに役立つ機能になるということが、これら三領域の人々によって同意された条件なのである。何人かの学者たちは芸術と政治に関心を持っている。政治家、芸術家が、自分たちの領野の外へしっかり眼差《まなざ》しを向けるということもありうる。しかし、彼らがこうして三つの不具を集めたところで、一人の五体満足の人間ができあがるわけではない。一個の人間の総合性は、能力や知識の寄せ集めとはほとんど関係のないことなのだ。生きた人体と同様に、一個の人間の総合性は、いくつかの部分に分断されたりしない。生とは、生を合成する諸要素の雄々しい一体性のことなのである。生の内部には斧《おの》の一撃のような単純さがある。

9　完全な実存と、愛する存在《ひと》〔訳注10〕のイメージ

機能が強いる奴隷《どれい》状態に陥《おちい》らず、まだ破壊されずにすんでいる単純で力強い実存は、具体的にどのようにしていたから、これまでそのような実存として存在することができてきたのだろうか。それは、ひとえに、行動する、描写する、測るといった何らかの特殊な企《くわだ》てに従属するのをやめていたことによる。言い換えると、このような単純で力強い実存は、**運命のイメージ**に依存しているということ、実存がひそかに連帯感を覚える魅惑的で危険な神話に依存しているということなのだ。有益な労働は、何かに役立つことで意味がでて

くる。つまり、それ自体では意味をもっていないわけなのだが、そのような有益な労働に身を**捧げる**と、一個の人間存在は自分と自分でないものとに分裂してしまう。このように分裂した人間存在は、誘惑されてはじめて総合的実存を完全な姿で回復できる。この原理をよく表わしているのが、あの雄々しい男の性欲だ。つまり逆の言い方になるが、欲望をそそる裸体のイメージに反応する力をもう持たなくなったとき、男は、男としての完全性を失ったことに気づくのだ。そして、男の性欲が女の裸体の魅力に関係しているのと同じに、完全な実存は期待と恐怖をかきたてるイメージすべてに関係している。それゆえ、この解体した世界のなかでは、《**愛する存在**《ひと》》こそが、生命の熱へ人を返す美徳を保ち続ける唯一の力になったのだ。もしもこの世界のなかで、互いに求めあう恋人たちの痙攣《けいれん》的な動きの往《ゆ》き来《き》がなくなるのならば、そしてもしも《その顔が見えなくなると心が苦しくなる》、そんな顔がこの世界を輝かしく変容させることがなくなるならば、この世界の眺めは、世界自身が生み出した存在たちを自ら愚弄《ぐろう》する光景になる。そうした世界では人間の実存は、回想か、《未開の》国々の映画となって存在するのがおちになる。今や怒りをこめてフィクションを駆除しなければならない。一人の人間をその心の奥底で捉《とら》えているあの失われたもの、悲劇的なもの、つまり《目をくらませる驚異》は、もはやベッドの上でしか出会えなくなっている。たしかに、目下の世界の満足げな埃《ほこり》や様々に分裂した気遣いが、寝室にまで侵入している。とはいえ、心のむなしさがどこまでも広がる大洋のなかで、鍵のかけられた寝室はどれも小島になって、生の表情に活気を取り戻させている。

10　愛する存在《ひと》の幻影的な特徴

愛する存在《ひと》のイメージは、はじめに、つかのまの輝きとともに現れる。このイメージを目で追う人はこのイメージに明るく照らしだされ、同時に恐怖を覚える。もしもこの人が自分の社会的機能を第一に重視するならば、この人はこのイメージを遠ざけて、自分の子供っぽい動揺を笑ったりすることだろう。《まじめ》になっても人は、このような誘惑に反応を返すべきなのだが、そうはせず、別なところで実存を簡単に見出せると思ってしまう。しかし、たとえこの人より重苦しくない別の誰かが、この誘惑に恐怖しながら心を燃えあがらせたとしても、さらに必要なのは、この愛する存在《ひと》のイメージが幻影であることに気づいていくことなのだ。

じっさい、日々生活しているだけで十分にこのイメージのむなしさが示されてしまう。

食べる、眠る、話すといったことがこのイメージを無意味なものにしてしまう。もしも男が女に出会って、今ここに運命があると確信を持つようになったとしても、静かな悲劇のようにこの男に侵入してくるすべてのものが、生活のためにあくせく奔走《ほんそう》せざるをえないこの女の姿と齟齬《そご》をきたすようになる。一瞬のあいだ、イメージのなかで運命が生き生き息づいたのだが、そのイメージは、日々の慌《あわ》ただしさとは無関係の世界のなかで映し出されるのだ。男は、自分のために運命が受肉したかのように見えるその女の方へ駆り立てられる。だが、その女はもう金銭が支配する空間には属していないのである。この女の甘美な気配は、夢と同じで、この現実の世界に閉じ込められずに、そこを通りすぎ、離れていく。そんな気配など殲滅《せんめつ》したいとただ願っている人がいたとしたら、その人の心はただ不幸に蝕《むしば》まれるばかりだろう。この気配の現実性は、揺れ動くロウソクの明かりのように妖《あや》しげだが、夜の闇が強く際立たせているのである。

11　恋人たちの真の世界

しかし、運命の夜に結ばれる二人の恋人たちは、最初、妖《あや》しげな亡霊のようにこの世に現れでるのだが、この出現は、舞台の上や書物の中の幻影たちとは本質的に異なっている。というのも、演劇や文学は、それだけでは、**人々がお互いを再発見しあう世界**を創造できないからだ。芸術が描き出す心引き裂かれる光景はどれほど激しいものであっても、それに感動した人たちの間に、今日まで、ただのはかない絆《きずな》しか創造できずにきた。この人たちがたまたま顔を合わせ、自分の感動した内容を語りあうことがあっても、その言葉は、比較と分析にあけくれて、通いあうはずの心の反応などそっちのけにする。これに対して、恋人たちはきわめて深い沈黙に浸っているときでさえ、心を通わせあっている。このとき彼らの動きはどれも、燃える情熱を帯びていて、恍惚《こうこつ》を引き起こす力を持つ。否定しようとしたところで無駄なほど明らかな事態なのだが、こうして燃えあがった炉《ろ》が一つの現実の世界を作りあげるのだ。この世界では、まさに男女が、相手を見初《みそ》めたときと同じような姿で、つまり相手の運命の心震わす形象［訳注11］となって現れたときと同じような姿で、お互いを再発見しあうのである。こうして、最初の日には幻影でしかなかったものが、嵐のような愛の動きによって真なるものになる。

他の活動を無視する断片的な活動——夢を無視する行動——がぶつかる障害がこうして越えられて、愛し合う二人は身体を一つに結び合わせる。抱擁《ほうよう》のときまで二人が互いに追い求めていたのは幻影であって、それは、たしかに伝説上の遠い存在たちに劣《おと》らず魅惑的ではあった。一人の女の突然の出現は、錯乱した夢の世界の出来事のようだったのだ。しかし、今や、抱擁のうちに肉体を所有すると、裸のまま快楽に浸る夢幻の形象が、現実そのものの寝室の世界の中へ投げ込まれるのだ。

幸福な行動は「夢の妹」であり、〔訳注12〕ベッドの上では生の秘密が認識に開示される。このときの認識とは、寝室という特別な空間で、恍惚感に浸されながら人間の運命を発見する、そういう認識のことだ。この空間では、学問は――そして芸術、実践的な行動も――実存に断片的な意味を与える可能性を失っている。【原注3】

12　ひとまとまりの偶然

要するに、夢想を断念して行動の人の実践的な意志を持つことだけが、現実世界に触れる手段というわけではないということなのだ。恋人たちの世界は、政治の世界に劣らず真実なのである。実存の総合性を飲み込んでさえいるのだ。これは政治にはできないことである。そして恋人たちの世界のさまざまな特徴は、実践的活動の断片的でむなしい世界の特徴とは異なる。それらは、隷属《れいぞく》的に縮小される以前の**人間の**生の特徴なのである。この生と同様に恋人たちの世界は、**存在したいと貪欲《どんよく》に力強く欲する意志に期待どおりに応《こた》えるひとまとまりの偶然**から作られる。

じっさい、愛する存在《ひと》の選択〔訳注13〕――この選択の前では、論理的に表現される別の選択の可能性は嫌悪を催《もよお》させる――を決定しているものは、もとをただせば、**ひとまとまりの偶然**なのである。単純な偶然の重なりが男と女の出会いを準備しているのだし、男がしばしば死ぬほどまでに結ばれていると感じている運命の女の形象を作りだしているのも偶然の重なりなのだ。この形象の価値は男の欲求いかんにかかっている。ただしこの欲求は、ずっと以前から男に執拗《しつよう》につきまとっていながら、なかなか満たされずにきたので、愛する存《ひ》在《と》が現れたとたんこの存在《ひと》に極端な好運という色合いを与えてしまうのだ。トランプのカードがある配列で整うと、ゲームの行方《ゆくえ》を決定してしまうことがある。一人の女との予期せぬ出会いは、めったにないカードの分配と同じに、実存を決定してしまうのだ。だが、最高に整ったカードの分配でさえ、偶然に偶然が重なってはじめて、つまりこの分配を生じさせた状況が、さらに、賭《か》け金を奪える状況になっていてはじめて、意味がでてくる。勝利する形象は、任意の組み合わせでしかない。勝利への貪欲さと実際の勝利とがあって、この形象は現実になる。ただ**結果**だけが、偶然の重なりに真実という性格を与えている。その偶然の重なりは、もしも人間の気まぐれによって選ばれることがなかったのならば、意味を持てなかっただろう。一人の女との出会いも、その女を所有したいという意志がなければ、そしてまたその女の出現が意味しているように思えたものを真のものにしたいという意志がなければ、せいぜい美的な感動にしかならないだろう。だがともかく、運命のはかないイメージは、ひとたび獲得されると、あるいは失われると、それだけでもう偶然の形象であることをやめて、運命を立ち止まらせる現実になるのだ。

となれば、《存在したいという貪欲で力強い意志》こそが真実の条件だということになる。ただし**孤立した個人**には、一つの世界を創造することは絶対にできない（孤立した個人がそうした創造の試みにでるのは、生の諸力のおかげで**精神を奪われた者**、つまり狂人になっているときだけだ）。人間の世界の誕生には、偶然が重なって形象が生まれることのほかに、人々の意志が一致することが必要なのである。唯一恋人たちの合意だけが、賭博《とばく》者たちの卓上での合意のように、生き生きした現実を創造する。まだ形にならずにいる様々な偶然一致の可能性で生き生きした現実を創造するのだ（たとえ合意がなくても、愛は不幸の中で現実のものとして在り続けており、この不幸は両者の最初の共犯関係の結果なのである）。他方で、愛の形象はすでに神話や絵画のなかでさまざまに描かれていて、多くの人がそれらを評価し、信頼している。二人の合意、数人の合意はこの信頼に付け加わっていくのだ。愛の意義は、これまで恋人の運命を描いてきた様々な伝説のなかではっきり示されている。

この《存在したいという貪欲《どんよく》な意志》は、**粗野**［訳注14］であり、それに見合っているという意味で、熟慮したり介入したりする意志とはまったく似ても似つかない。前者の貪欲な意志は、死をものともしない蛮勇のような意志であって、血みどろの戦場に立ち向かう者のごとく、大部分を**偶然**に任せねばならないのだ。**向こう見ず**の動きだけが、あの《偶然のひとかたまり》の思いがけない出現に対して、蒙昧《もうまい》な情念が求める答えを差し出すことができる。みごとなトランプのゲームは、カードがよく切られ、混ぜあわされていてはじめて価値を持つ。事前の調整によってイカサマが仕組まれたりすれば、価値はなくなるのだ。ゲーム者の決断は、参加者たちがゲームの行方《ゆくえ》を知らずにいるというなかでこそ、**向こう見ず**にならねばならない。同様に、**愛する存在《ひと》たち**の密かな力と彼らの結合の価値も、事前に定められた決断や意図から生じるのではない。たしかに、恋人たちの世界は、売春や結婚を越えたところにあってもまだなお、ゲームの世界よりいっそうひどくイカサマに委《ゆだ》ねられている。下心など持つことのできない人々の純真な出会いと、ペテンと手練手管をたえまなく案配する恥知らずな媚《こ》びた姿との間には、明確な境界線はなくとも、微妙な差異が無数に存在している。が、ともかく、素朴な無意識だけが奇跡の世界を制覇できるのだ。恋人たちが互いを再発見しあうあの奇跡の世界を、である。

目的論的な処置や、手段と目的の秩序づけから生を救い出す偶然、好運は、神々《こうごう》しい激情とともに現れ、なにごとにも勝《まさ》っていく。かつて知性は、予見する理性の影響下で宇宙を感じとっていたものだが、もうそうしなくなって久しい。実存も、かつての知性のように星空や死に照らして自分を眺めさえすれば、自分が偶然の意のままになっていることに気づいていくはずだ。実存の壮麗さは宇宙に似せて作られた。その宇宙は功績や意図といった汚れとは無関係だったのだ。今や実存は自分がそのような壮麗さに包まれていることに気づいていく。

13　運命と神話

偶然の《恐ろしい》王国に背を向ける大衆のことを考えると、たちまち長い不安の中へ落ちてしまう。そうなるのはもう抗《あらが》いがたい。じっさいこの大衆は、**安全に確保された**生が、そのまま妥当《だとう》な計算と決断にだけ依存するようにと求めているのだ。恋人たちや賭博《とばく》者たちは《希望と恐怖の炎》のなかで燃えあがりたいと思っているのだが、そのような意欲を失った人々からは、あの《ただ死とのみ拮抗《きっこう》する》生は、遠く離れていく。人間の運命は、気まぐれな偶然が事を図るのを欲している。これとは逆に、人間の理性が偶然の豊かな繁殖に代えて差し出すものは、生きるべき冒険などではもうなくて、実存の諸困難へのむなしくて妥当な解決なのだ。何らかの合理的な目的に関わる行為は、奴隷《どれい》のように耐え忍ばれた生活の必要性に向けて打ち出された答えでしかない。逆に、好運の魅惑的なイメージを追い求める行為こそ、唯一、炎のように生きる欲求に応《こた》えているのである。なぜならば、トランプのバカラ賭博〔訳注15〕の卓上を前に、燃えあがり、自殺に至るまで自分を消尽することこそ人間的なのだから。配分されたカードそのものは運、不運のつまらない表現だとしても、そのカードが象徴しているもの、つまり金銭を与えるもの、あるいは失わせるものは、運命それ自体を意味するという長所を持つ（剣《スペード》の女王はしばしば死を意味している）。逆に、実存を有益な行為の連鎖に打ち捨ててしまうのは非人間的なことだ。人間は、手持ちの資金の一部を、飢え、寒さ、社会的拘束といった取り払うべき苦しみへの対処に投じている。これは避けようのないことだ。だが、隷属《れいぞく》を免《まぬが》れるもの、つまり生は、自らを賭《か》ける。様々な好運が出会う場へ生は自らを投じる。

生は自らを賭ける。運命の企《くわだ》てが実現するのだ。夢の中の形象でしかなかったものが神話になる。**生きた**神話になるのだ。知的な埃《ほこり》は**生きた**神話を**死んだ**と認識し、無知による痛ましい錯誤とみなし、虚偽《きょぎ》としての神話とみなすのだが、しかしこの**生きた**神話こそが、運命を形象化して、**存在**へ生成していく。ここでいう存在とは、理性的な哲学が不変のものという性格を与えながら歪曲《わいきょく》している存在のことではない。まず姓と名が明記する存在であり、次いで終わりなき抱擁《ほうよう》のなかへ消えていく二人の存在であり、最後には「人を拷問にかけ、斬首し、戦争をする」国の存在になる……。［訳注16］

神話は、芸術、学問、政治に満足することのできなかった人の意のままに今なおなっている。愛はそれだけで一つの世界を作りあげるのだが、この世界の周囲に対しては何も影響を与えずにいる。逆に、愛の体験のおかげで周囲の世界に対する明晰《めいせき》さと苦しみが増しさえする。つまり愛の体験のおかげで、腐敗した社会に触れて生じる不快感がどんどん高じていき、むなしい印象も疲れるほどに大きくなっていく。次々試練にあって心を打ち砕かれてしまった人に、唯一神話だけが、豊かな生を送り返す。人々が集う共同体へと広がっていく豊かな生をイメージにしてこの人に送り返すのだ。唯一神話だけが、肉体にまで入って人々を結合させ、彼らに同じ期待を抱くように要求する。神話とは、どの踊りにもあるあの勢いのことだ。神話は実存をその《沸騰点》へ高める。悲劇的な情動によって、実存は自分の聖なる内奥に近づけるようになるのだが、神話はまさにそのような悲劇的な情動を実存に伝達する。というのも神話は、ただ単に、運命の神々《こうごう》しい形象であるばかりでなく、この形象が移される世界、つまり共同体のことでもあるのだから。神話は、共同体から切り離すことができない。神話は共同体の一部になっている。儀式の場において、共同体は神話の王国を所有することになるのだ。**民衆**は祝祭の騒ぎのなかで神話への**合意**を表明し、その**合意**は神話を生の人間的現実にしている。だからこそ神話はただのフィクションとは違うのだ。神話はたしかに寓話ではある。しかしもしも人が、この寓話を踊って根底から突き動かす民衆を目撃し、寓話がその民衆の生きた真実になっているのをまざまざと目にしたならば、この寓話をフィクションとは正反対の地点に位置づけるようになるはずだ。自分たちの神話を儀式においてとことん所有しようとしない共同体は、もはや暮れゆく生の真実しか所有していない。逆に共同体が生き生きとしてくるのは、存在したいという共同体の意志が、その共同体の内奥の実存を形象化している神話のひとかたまりの偶然を活性化するとき、このときにほかならない。それゆえ、一個の神話は、ひとつの全体的存在が分裂してできたばらばらの諸断片と同じだとはどうにもみなせないのである。一個の神話は、**総合的な**実存と連帯している。一個の神話は、**総合的な**実存の感性的な表現なのだ。

　神話は、儀式の場で生きられると、真正の存在をはっきり開示するようになる。というのも、儀式として生きられた神話では、生が、ベッドの上で裸になった**愛する女**〔訳注17〕に劣《おと》らず恐ろしくまた美しく現れでるからである。聖なる場所の暗がりは実在の現存を抑えこんでいて、恋人たちが閉じこもる寝室よりももっと息苦しい。ただし、聖なる場所で認識に差し出されるものは、寝室の場合と同様に、実験室の学問とは無関係なのだ。人間の実存は、聖なる場所に案内されると、運命の形象に出会う。それは**偶然**の気まぐれによって固定化された形象だ。学問が定義する**決定法則**は、生を構成する幻想のこの遊びとは正反対のところに存在している。この遊びは、学問から遠ざかり、芸術の諸形象を生みだす錯乱と重なりあう。しかし、芸術は、人間を抑圧する真なる世界の優越性、究極的現実性を認めているのに対して、神話の方は人間の実存の中へ、ある力のようになって入っていく。力自身が王国となって、**下位の**現実に従属を求めている、そんな力のようになって人間の実存の中へ入っていく。

14　魔法使いの弟子

このように神話という人間の古い家へ帰っていくことは、相次いで幻滅を味わってきた一個の生にとっては不安このうえない瞬間になるだろう。じっさい、この生が独特の足取りでこの古い家へ近づいていくと、それにつれ、この古い家は、打ち捨てられた廃屋の姿のごとくに立ち現れてくる。その寂《さび》れた様は、《絵のなかのような《ピトレスク》》寺院の廃墟［訳注18］に似ている。じっさい、実存の総合性を表わす神話の表現は、現実の体験の結果ではないのだ。唯一過去だけが、もしくは《時代遅れの人々》の文明だけが、今では近づきがたく見える世界を所有することを、いやそうではなく、認識することを、可能にしてきたのだ。私たちにとって総合的な実存はもう素朴な夢にすぎなくなっているのかもしれない。歴史上の様々な描写と、私たちの情念の消え入りそうな光とに培《つちか》われた素朴な夢にすぎなくなっているのかもしれない。現代の人間は、実存の残骸を表わす堆積《たいせき》しか支配できていないのだろう。だがすぐに明らかになることだが、こうした真実は、ひとたび認知されると、生きたいという欲求に命じられた明晰《めいせき》さにただ従うばかりになるのである。たしかに、最小限求められているのは、この真実を否定する者が、その否定によって得られる**眠り**への権利を手に入れてしまう前に、最初の体験が失敗に終わることなのかもしれない。[訳注19]だが、試みるべき体験の方法説明書によれば、この体験は実現可能な条件だけを求めている。[訳注20]ともかく《魔法使いの弟子》[訳注21]が最初に出会う要求は、彼がもしも芸術の困難な道に進んでいたならば遭遇《そうぐう》していたはずの厳格な要求と似ている。一貫性のないフィクションの形象も、味気ない神話の形象も、明確なたくらみを除去できていない。神話創造への要求はよりいっそう厳密なのだ。この要求は、初歩的な発想が望むところとは違って、集団創造の不可解な能力へ人を送り返したりしない。[訳注22]それどころか、もしも形象のなかで、意図的な調整の部分が**聖なるもの**の感情固有の厳密さによって排除されていないのだったら、そういう形象に対して、この神話創造の要求はいかなる価値も認めず、この形象を断固拒絶していくだろう。《魔法使いの弟子》は、徹頭徹尾、自分をこの厳密さに慣らしていかねばならない（もちろんこれは、まだこの厳密さが彼の最深奥からの命令に応《こた》えていない場合の話である）。

彼が進んでいく領域では、秘密であることが、彼の奇妙な歩みに求められている。それはちょうど秘められているということがエロティシズムの恍惚《こうこつ》に必要なのと同じことであ る（神話の総合的な世界、つまり**存在**の世界は、**聖なるもの**を**俗なるもの**から切り離す境界線によって、今のこの分裂した世界から切り離されている）。《秘密結社》とは、このような歩みが作りあげる社会的現実の呼び名なのだ。〔訳注23〕しかしこの小説的な名称は、〔訳注24〕よくあるように《陰謀の結社》といった通俗的な意味で理解されるべきではない。というのも、この場合、秘密が関係しているのは、魅惑的な実存を作る現実であって、国家の保安に反抗する行動ではないからだ。神話は、崩壊した社会の静態的な通俗さから遠ざかった儀式の行為のなかで生まれる。神話に固有の暴力的な運動性は、失われた総合性への回帰しか目標にしていない。たとえその反響が決定的で、世界の表面を変えることがあっても（その一方で諸政党の行動は相矛盾する言葉の流砂のなかへ消えていく）、この政治的な反響は、実存の結果でしかありえないのだ。秘密結社のように企《くわだ》てが隠されている様は、絶望の逆説的な時代〔訳注25〕に必要な行動指針を、驚くべき新しさで表現しているだけのことなのだ。

（了）

【原注】

【1】このテクストは、正確に言うと、社会学の研究ではなく、ある視点の明示である。その視点とは、社会学の諸成果が、専門化した学問の関心への応答ではなく、このうえなく雄々しい欲求への応答として現れてくることができるような視点である。じっさい、社会学それ自体も、純粋な学問が分裂の現象である限り、純粋な学問を批判するという立場を回避することができないのだ。社会的事象こそが唯一、実存の総合性を表わしていると仮定してみよう。そうなると学問などは断片的な一活動にすぎなくなる。そして、社会的事象を考察する学問、すなわち社会学は、その対象すなわち社会的事象に達するのならば、そのかぎり、学問の原則への否定になってしまう。だとすると、社会学はこの対象に達することができないということになる。したがって社会学という学問は、自然界の分裂した眺めに関わる諸科学とは違う条件を必要としているのだ。社会学は、発展を遂げた——とりわけフランスにおいて——ように見えるが、それは、社会学を引き受けた人々が、社会的事象と宗教的事象との一致を意識していたからにほかならない。しかし、フランス社会学の成果は、あらかじめ**総合性**の問題が全幅において提起されていないのなら、まるで存在しないかのようにして存続する危険を持っているのである。

【2】だからといって、学問は捨て去られるべきだということにはならない……。**精神的な**荒廃こそが唯一、批判される。そして、この荒廃に抗《あらが》うことは不可能な話ではない。それどころか、社会学に関する限り、認識の原則の名の下にこの荒廃に抗うことは必要でさえある（原注の【1】を参照のこと）。

【3】このテクストにある《恋人たちの世界》の描写は、論証的な価値しか持っていない。この世界は、目下の生においてはきわめて稀な可能性でしかないが、実現されれば、芸術、政治、学問の各世界よりもずっと実存の総合性に近い特徴を示すことになる。とはいえこの世界もまた人間の生を完成させはしない。ともかく《恋人たちの世界》を社会の原初的形態とみなしたりすれば、それは間違いなのだろう。男女のカップルが社会的事象の基底にあるといった発想は、決定的と思われるいくつかの理由によって放棄されてしまっているはずである。

［訳注］

［1］「実存」existenceとは、バタイユにおいては、「今、ここで生きている」という人間の生の現実、あるがままの人間の生のあり方を指し、しかも「人間の運命」と密接に関わっ

ている事態として説明されている。「実存」を損なう近代生活は「人間の運命」に背を向けているというのがこの論文の基本テーマである。

［2］　本論文では「完全な人間」、「総合性」といった言葉で、人間の実存を十全に生きる姿勢が強く肯定されている。「総合性」の対立概念は「断片」であり、「断片化」を強《し》いる近代生活は、政治家、芸術家、学者を筆頭に、厳しく批判されている。バタイユが言う「行動」とは、目的を立ててこれを実現していく行為だが、そこでは「今、ここで生きている」という実存は、未来の目的に隷属《れいぞく》させられ、細身に限定されてしまう。理性は目的と手段だけを注視し、欲望は削ぎ落される。実存が「断片化」していくのだ。近代社会は、物品から知識までモノの生産を重視し、そのための「行動」を当然の善として疑わずにいる。政治家、芸術家、学者は、実存の何たるかを知っているはずなのに、彼らの言葉は、進軍ラッパのごとく民衆を「行動」へ駆り立てている。

「断片」「行動」に対置されている実存の十全性は、本論文の重要テーマであるので、以下、用語とともに簡単に解説しておこう。

まず「完全な人間」un homme entier とは「全《まった》き人」とも訳されるが、もとは聖書に由来する表現である。旧約聖書の「創世記」の一節（神がアブラハムに向かっていう言葉「私は全能の神である。あなたは私に従って歩み、全き者になりなさい。」（17―1））やこれを受けた新約聖書の「マタイによる福音者」の一節（イエスが山上で弟子たちに語る言葉「あなたがたの天の神が全能であられるように、あなたがたも完全な者となりなさい」（5－48））などに見られる。だがバタイユからすれば、神を頂く限りその人間はまだ完全であるとは言えず、むしろ彼の考え方は、「神の死」の哲学者ニーチェがゲーテについて語った次の言葉に近いと言えるかもしれない。「彼［ゲーテ］は生から遊離せず、生のうちへと身を置き入れました。彼は弱気になって怯《ひる》んだことはなく、できるだけ多くのものを引き受け、担い、自分の中へ取り入れました。彼が欲したもの、それは**総体性**［**Totalität**］であったのです。彼は理性、感性、感情、意志がばらばらにならぬように戦いました。」（ニーチェ著『偶像の黄昏』49、西尾幹二訳）。

バタイユはその著『ニーチェについて』（一九四五）の序文のなかでニーチェの遺稿断章を引用しながら、総合性と断片化の問題を論じている。ただしニーチェと根本的に違うところは、ニーチェが安直にゲーテやナポレオン、ビスマルクといった史上の人物を神のごとくに崇敬する姿勢を示していたのに対し、バタイユは誰でも「完全な人間」になりうるという平たい視点に立っている。他方で、ニーチェ以上に体験という次元を重視していて、本論文でも「恋人たちの真の世界」として寝室の中、ベッドの上での体験が問題にされている。この体験のさなかでこそ人間の実存は十全に生きられるということなのだが、大切なのは、そこは単なる情念だけの世界ではないということだ。明晰《めいせき》な認識も発揮される場なのである。偶然を気ままに配しながら、人間を誕生させ、翻弄《ほんろう》させ、死に至らしめる宇宙の動きがじかに認識される場なのだ。人間からすれば、そこでこそ、運命の動因を深く意識できるのだ。「ベッドの上では生の秘密が認識に開示される」（本書二三頁）。晩年のニーチェは「運命愛」を語ったが、「恋人たちの真の世界」はまさしく運命愛の実践の場にほかならない。バタイユは、本論文のあと、「内的体験」、「エロティシズム」、「至高性」といった概念を駆使して、近代では呪われたままの、しかし誰しも到れるはずのこの体験の場を語っていった。

［3］《運命愛》（アモール・ファティ）はラテン語 amor fati。ニーチェの重要な概念である。宇宙は「遊び」ながら人間に様々な運命を振りまいているが、その一つ一つを必然として愛せというのがニーチェの主張。『この人を見よ』にはこう書かれてある。

「人間の偉大さを言い表す私の決まった言い方は、運命愛《アモール・ファティ》である。すなわち、何事も現にそれがあるのとは別様であって欲しいとは思わぬこと。未来に向かっても、過去に向かっても、そして永劫《えいごう》にわたっても絶対にそう欲しないこと。必然を単に耐え忍ぶだけではないのだ。いわんやそれを隠蔽《いんぺい》することではさらさらない。——あらゆる理想主義は、必然から逃げている嘘《うそ》いつわりにほかならぬ。——そうではなく、必然を**愛すること**……」（ニーチェ著『この人を見よ』、「なぜ私はかくも怜悧なのか」10、西尾幹二訳）

［4］たとえば中世ヨーロッパでは「哲学は神学の婢《はしため》」とみなされており、哲学の下位に

あるその他の学問もキリスト教に奉仕することが求められ、合理的な真理追究の道を阻《はば》まれていた。

［5］　たとえばスペインの独立戦争（一八〇八―一四）を扱ったゴヤの絵画《五月二日》、《五月三日》や版画集《戦争の災禍》があげられる。

［6］　旧約聖書「ヨシュア記」第六章によれば、神は、イスラエルの民を率いる預言者ヨシュアに対して、エリコの城壁を陥落させるために、まず七人の祭司に雄羊の角のラッパを吹き鳴らさせ、それに応じてイスラエルの民が叫びだすように命じた。

［7］　バタイユの念頭にあるのは、一九二四年『シュルレアリスム宣言』を発表したあと、フランス共産党に接近し入党したブルトンほかアラゴン、エリュアールらのシュルレアリストたちである。

［8］　バタイユの念頭にあるのは、一九二〇年代後半から狭いマルクス主義理論（ボルシェヴィスム）に硬化したソヴィエト共産党、およびそれに忠実に従うフランス共産党の党員である。「階級対階級」といった単純な定形表現が教条として絶対視され、ブルジョワ階級に

対抗する労働者階級こそ理性的な倫理を持つ階級と正当化された。対して、非理性的な欲望を語るフロイトの精神分析理論や聖なるものを語るフランス社会学はブルジョワ階級の学問と批判され、一顧だにされなかった。

［9］　バタイユは一九三一年頃から一九三四年頃までボリス・スヴァリーヌ主導の極左政治集団「民主共産主義サークル」に所属し、その機関誌『社会批評』に精神分析理論やフランス社会学の成果を取り入れた経済論、ファシズム分析論、国家論を展開していた。

［10］　「愛する存在《ひと》」の原語は l'être aimé。これを直訳すれば「愛される存在」だが、「私の愛する人」mon aimé(e) という言い回しがあり、これに準じて「愛する存在《ひと》」と訳した。愛欲をこちらにかきたてる人のことである。

［11］　「形象」は、figure の訳語。形をなして現れているものの意味である。本論文においては、睡眠時に脳裏に現れる夢の中の人物や光景も形象であるし、恋人の姿、顔も形象である。ただしバタイユの場合、形象はただの形とは違い、その形を生みだし、その形の内部にいまだに息づいている生の気配をも含意されている。一九二〇年代から三〇年代末までバタイユはこの形と内部の生の両方の意味を担《にな》わせながら「形象」という言葉をよく用いた。

［12］『悪の花』所収のボードレールの詩「聖ペトロの否認」の最終連に「私は行動が夢の妹ではない世界からは出て行きたい」という詩句がある。

［13］どの人に心を引かれ愛の関係に入るかということ。

［14］この「粗野」とは原文では形容詞communであり、「共通の」という訳語が一般的である。ただし、ここから派生して、洗練されたエリートたちにはない一般大衆共通の、粗野で俗っぽいという意味があり、バタイユはここではその意味でこの形容詞を用いている。強調を付しているのはやや特殊な用例であることを言いたいがためだろう。

［15］バカラはトランプ・ゲームの一種。確率二分の一で勝ちが決まるので、カジノなどで人気があるが、その分、大金を失う者も多く、フランスではバカラの語baccaraは「破産」「失敗」の隠語にもなっている。10と絵札を0点として数えるので、このあとバタイユが書いているようにスペード（剣）の女王は死あるいは破滅を象徴する形象として受け取られた。

［16］「「人を拷問にかけ、斬首し、戦争をする」国の存在」とは何なのか。ここの「」の

引用文は後述するように、キリスト教の神を指してルターが書いた文章である。ルターは「国」という言葉に続けてはおらず、ここにこの語「国」（フランス語で cité）を置いたのはバタイユの創意にほかならない。ただし彼のこの発想の出発点にあるのは、まずまちがいなくアウグスティヌスがその著作『神の国』（紀元五世紀初頭）で用いた「神の国」（ラテン語で civitas Dei、フランス語訳で cité de Dieu）であろう。アウグスティヌスはギリシアの都市国家を念頭に置きながら、新約聖書（例えば「マルコによる福音書」1―15）にある「神の支配」（ギリシア語で basileia tou theou、ラテン語訳で regnum Dei 、日本語訳では「神の国」）をこうラテン語で訳したのだった。

ではバタイユはここの最後の存在をキリスト教の「神の国」の存在、すなわち天上の父なる神と考えていたのだろうか。そうではない。運命と考えていたのである。宇宙と言い換えてもよい。ではなぜあえてルターの引用文やアウグスティヌスを暗示する用語を用いたのだろうか。それはひとえに、キリスト教が、いやイエスその人が、運命に接近していたことによる。「神の支配」を語りながら、十字架にかけられ、天上の神に絶望的な救済祈願の言葉「わが神、わが神、なぜ私をお見捨てになったのですか」（「マルコによる福音書」15―34）を発しながら、救われないまま死んでいったイエスこそ、運命の「遊び」に誰よりも接近していたとバタイユは見ている。これはバタイユの個人的な解釈ではない。キリスト教の本質的な問題である。律法主義、神殿主義に、神の自律性に対する人間の側からの不遜《ふそん》な介入を見てとり、これらを批判しながら、神の自律性、すなわち「神の支配」を唱えていたイエスは、運命の自律性、人間をもてあそぶ宇宙の「遊び」の一歩手前のところまで来ていたのである。ルターが語った言葉は、キリスト教の人道主義からすれば、考えられないような内容だが、この言葉もまた宇宙の「遊び」に触れていると見ることが可能である。この言葉の由来を最後に簡単に記しておく。

「人を拷問にかけ、斬首し、戦争をする」は、プロテスタントの開祖マルティン・ルター（一四八三―一五四六）の『軍人もまた祝福される階級に属しうるか』（一五二六）の次の文に由来する。「人間が絞首し、車裂きにし、斬首し、殺戮《さつりく》し、戦争をするのではなく、神がこれをしたまうのである。すべては神の御業《みわざ》であり、神の審判である」（吉村善夫訳、ルター著『現世の主権について』岩波文庫所収、九三頁）。圧政に苦しむドイツの農民は、ルターの宗教改革（一五一七年『九五箇条の提案』に発する）に触発されて、一五二四年、武装蜂起し、教会、修道院、封建領主の支配を覆《くつがえ》そうとした。しかし封建領主側はこれを武力で強硬に弾圧し、翌年鎮静化させた（いわゆる「ドイツ農民戦争」）。ルターはローマ・カトリック教会側によるドイツ農民の搾取にプロテストして宗教改革運動を開始したのだが、農民の武装蜂起に対しては、当初同情的であったものの、それが拡大し過激化するにおよんで、封建領主側を支持するようになっていった。『軍人もまた祝福される階級に属しうるか』は、反抗農民への武力弾圧があまりに残虐であったことに一キリスト教徒として心を痛めた武将アサ・フォン・クラムの依頼による。ルターはこの残虐行為を神の意志に発すると肯定している。

［17］「実在の現存」は présence réelle の訳語である。もとはキリスト教の用語である。天上の神の国こそが「実在」、すなわち真に実在する存在であり、地上の世界およびそこに存在するものは「むなしい現存」（présence vaine）にすぎない。ただし聖なる場所、たとえば教会において行われるミサに使用されるパンは天上にいるイエスの肉体、ブドウ酒はイエスの血であって、「実在の現存」である。バタイユは聖なるものを実在としながら、これをキリスト教より広い視野で捉えており、至るところに、たとえば花弁をむしり取られた花の姿に「実在の現存」を見ていた（『ドキュマン』所収の「花言葉」を参照のこと）。

［18］「ピトレスク」pittoresque とは「絵のなかに描かれたような」が原義である。由来は一八世紀イギリスにおいて、クロード・ロラン（一六〇〇―八二）の理想風景画によく描かれた廃墟化した古代ギリシア・ローマの建築物を自然風庭園のなかにそのまま再現してみせることが流行したことによる。

［19］「否定する者」とは、二つの否定を接続させて弁証法を説いたヘーゲル、およびヘーゲル派の人々、とりわけ一九三三年からパリの高等研究実践院で『精神現象学』を講じてい

たアレクサンドル・コジェーヴを指すと思われる。バタイユはその講義を一九三四年から熱心に受講していた。いわば弟子だったのだ。バタイユから見て「眠り」とは理性の眠りのことで、聖なるものや偶然性など根源的に不合理なものに対して理性が眼を閉じて自分の王国に安息することを意味している。弁証法が達成された最終段階の境地のことである。このように理性が「眠り」につく以前に「最初の体験」が失敗に帰す必要があるというのは、弁証法の最初の否定によって精神が引き裂かれ死の危機に直面する体験が、二つめの否定、すなわち理性による統合（「止揚」）によって乗り超えられて「眠り」が生じてしまうことへの拒絶を意味すると解しうる。さらにこの失敗とは、第二の否定に接続できないほどひどい状態、第二の否定が取りこみようもないほど錯乱した状態と解することもできる。そしてこの状態は、バタイユが本論文の約半年前に書いたコジェーヴ宛ての手紙（一九三七年一二月六日付け）のなかの「使いみちのない否定作用」のもたらす状態に近いと言える。ただしこの手紙のなかでバタイユは「使いみちのない否定作用」を弁証法の達成されたあとに生じると説いている。いわば理性の「眠り」を破る否定なのである。

ともかくもコジェーヴが紹介したヘーゲルの弁証法、とりわけ最初の否定はバタイユに強い衝撃を与えた。「精神の〈生〉は、死を前にして怖気《おじけ》づき、死の破壊から身を守る生ではなく、死に耐え、死の中に自らを維持する生なのである。精神は絶対的な引き裂きの中に自分自身を見出してはじめて自分の真実を手にいれる」というヘーゲルの言葉をバタイユはヘーゲル以上に生きたと言える。じっさいヘーゲルはこの最初の否定に留まりつづけることはなく、これをさりげなく第二の否定へ、ヘーゲルに言わせれば「否定的なものを存在に転換する魔法の力」へ、接続してしまう。精神の危機はこうして終息してしまうのだ。

　この「魔法の力」を持ち出すヘーゲル、これを巧みに語るコジェーヴは、バタイユからすれば「魔法使い」であったのかもしれない。そして、最初の否定にこだわるバタイユはまさにその未熟な弟子だと自覚していたのかもしれない。しかし理性の「眠り」を言い立てるバタイユ、そして体験の厳密さを強調するバタイユは、訳注［21］で紹介する「魔法使いの弟子」にはない本質的な問題提起を行っていると言える。やがて『内的体験』（一九四三）およびその再版に収録される「瞑想の方法」（一九四七）でこの問題提起はさらに深く追求される。

　なお「使いみちのない否定作用」が語られるバタイユの手紙は『有罪者』（一九四四）の補遺に収録されている。またコジェーヴが解説したヘーゲル弁証法の二つの否定についてはバタイユの二つのヘーゲル論（「ヘーゲル、死と供犠《くぎ》」（一九五五）、「ヘーゲル、人間と歴史」（一九五六）、いずれも拙訳『純然たる幸福』に所収）の冒頭に紹介されている。

［20］　バタイユはおそらくイエズス会の創始者イグナチウス・ロヨラの『心霊修行』（一五四八）のことを考えているのだろう。

［21］《魔法使いの弟子》はフランスでは作曲家ポール・デュカスの管弦楽作品の題名として有名であったが、デュカスはゲーテの同名の詩に触発されてこの作品を制作したのだった。ゲーテの詩の内容は、魔法使いが留守の間にその弟子が水汲みの仕事をさぼろうと帚《ほうき》に呪文をかけて代行させるが、帚をもとにもどす呪文を忘れてしまったため、部屋が水浸しになり、さらに大惨事になりかけていたところに、師匠の魔法使いが帰還し、呪文をかけ、大事にいたらなかったという筋である。

本論文において重要なのはむしろ、アレクサンドル・コジェーヴがバタイユをこのへまな弟子にみたてて非難していたことだ。聖なるものを扱いながら、それを収拾できず、ついにはバタイユ自身、悲惨な目にあうのではないかというのが彼の批判の趣旨だったようである。一九三七年、「社会学研究会」を立ち上げようとしていた頃のこと、創設メンバーの一人ロジェ・カイヨワの回想によれば、「彼［バタイユ］は、伝染病のように広まって、ついには最初にその種を蒔《ま》いた人にも波及し、この人を高揚させるようになる、有害で破壊的な聖なるものを再創造しようという意図をほとんど隠さずにいた。我々の私的な会合の席で、バタイユはそのことをアレクサンドル・コジェーヴニコフ（彼自身のちにこの名前をコジェーヴと短縮した）に打ち明けたことがあった。コジェーヴはバタイユにこう応《こた》えた。ちょうど手品師が自分の奇術の技に酔いしれているうちに、魔術の存在を本当に確信するようになってしまうのに似て、そのような魔術師は、自ら意識的に解き放った聖なるものによって、ついには

彼自身、翻弄《ほんろう》されるはめになるのではないか、と」（カイヨワ著『想像的なものへのアプローチ』、一九九〇年、五八‐五九頁）

［22］　ナチスの御用学者アルフレート・ローゼンベルク（一八九三―一九四六）の『二〇世紀の神話』を指しているのだろう。この場合、神話は、ゲルマン民族の優越を語って、ナチス・ドイツの国家形成に寄与している。

［23］　バタイユはアセファル（無頭人）という名称の秘密結社を一九三六年から一九三九年まで主催し、非キリスト教的な宗教儀礼の実践をおこなっていた。

［24］　ここでバタイユが「小説的」と言っているのは、おそらくバルザックの小説『一三人組物語』にある秘密結社のことを念頭においてのことだろう。

［25］　「逆説的」paradoxal とは矛盾したという意味だが、絶望の瞬間が同時にまた個体の殻が破られる喜びでもあるということを示唆している。この矛盾は、運命の「遊び」を体現した状況でもあり、バタイユの聖なるものの体験の重要なテーマである。

訳者あとがき

「夜を飲み干す窓の広さを信じよう」

たしか、このような書き出しだったと思う。若い頃、同人誌に誘った友人の詩の冒頭である。今は何の方向性もなく、ただ恋愛詩しか書けないからと言って、彼はこの一作で寄稿をやめてしまった。その後、どこでどうしているのか、分からない。

彼が書き残した詩の世界はおよそこんなふうだった。

彼と彼女は一室にいて、窓から夜の都会を眺めている。

そこは、恋愛とは裏腹の感情がうずまく俗世間だ。目先の損得勘定《そんとくかんじょう》、打算、名誉欲。自己顕示欲、利己心、妬《ねた》み、ひがみ、中傷、意趣《いしゅ》晴らし。

そんななかで恋愛の至純さを語ろうものなら、鼻で笑われるか、興味本意に詮索《せんさく》されるのが落ちである。よくも悪くも、恋愛は外側から眺められ、簡単な言葉やイメージで包み込まれていく。そうして人は分かった気になり、また、分かった気にさせる。

窓辺の二人の眼前では、どす黒く濁った人間模様が広がっている。

そのせいか夜の世界は果てしなく大きく見えて、窓辺の二人を飲み込んでいきそうなのだ。しかし二人が寄り添う今このときの感情は、夜の世界よりも確実なものに思えてくる。お互いの心の鼓動《こどう》、熱《ほて》り、息吹《いぶき》がじかに感じとれるこの感覚は、圧倒的な何かに満ちていて、広大な夜をも逆に飲み干していくかのようなのだ。恋愛の世界は、内側に入ると、眼前の夜よりも広大に感じられる。二人が寄り添う窓辺もそう感じられる。

この窓の広さを信じよう。

詩人はそう呼びかけている。誰に対してなのか。隣の恋人に対してなのだ。窓辺の広大な感情を女性と分かちあいたいのだ。ということは、まだ真には分かちあっていないということではあるまいか。

二人が寄り添って作りあげた感情であるのに、詩人は今これを共有したいと願っている。二人でいるというのに一人でいる思いに返されて詩人は女性に呼びかけている。これ以上ないほどに恋愛で結ばれていながら、孤独な呼びかけが発せられているのだ。

そしてこの呼びかけは夜に向けても投げかけられている。嘲笑《あざわら》われるのは覚悟のうえで。高慢だ、キザだ、ひとりよがりだと言われるのを知りながら、「信じよう」と詩人は夜の都会に向かって呼びかけたのだ。挑むような強さと、了解への期待が伝わってくる。

読んだときに私はおそらく、広大な恋愛の感覚とそれに賭《か》ける詩人の強い思いに動かされたのだと思う。そのために今日まで四〇年のあいだ、この一句が記憶の底で生き続けていたのだ。

ジョルジュ・バタイユ（一八九七―一九六二）もまた、愛する二人の一室の確かさを語った。本書の主題の一つがそこにある。「心のむなしさがどこまでも広がる大洋のなかで、鍵のかけられた寝室はどれも小島になって、生の表情に活気を取り戻させている」（本書二〇頁）。

本書『魔法使いの弟子』は『新フランス評論』の一九三八年七月一日号に掲載された論文で、この頃バタイユは激しい恋愛のさなかにいた。しかも相手の女性は四か月後にはこの世を去ってしまう。結核で苦しんでいたのだ。その名はコレット＝ロール＝リュシエンヌ・ペーニョ

（一九〇三―三八）といい、この長い名前のなかのロールが愛称になっていた。

激しい恋愛はバタイユにとってロールが始めてのことではない。彼は、若い頃から、恋愛に次々溺《おぼ》れていった人で、激越な恋情はすでに体験していた。ただし、ロールとの恋愛は一九三〇年代後半の彼の活動、思想、文筆の重要な一源泉になっている。本書の後半で語られる「恋人たちの真の世界」の発想源も、まずまちがいなくこの恋愛である。

冒頭付近で「最も悪性の病い」として結核が持ち出されているのも意味深長だ。社会の道具になりさがって、知らず、生命を衰退させていく近代人の悲惨な行路を結核の進行にたとえているのだが、「恋人たちの真の世界」こそ唯一この悲惨を免《まぬが》れる生命の熱き「炉」なのだと強弁する本書には、切羽詰《せっぱつま》った悲壮な響きがある。これしかもうないという発想にバタイユは追い込まれている。しかも、その唯一の熱き源泉は彼において滅びつつあった。当時まだ結核は死に至る病いだった。

社会のほうの病いも深刻で、「人間の生全般が衰退している」（本書五頁）。多くの人は打算的にただ目先の安全しか求めていなかった。「大衆は、**安全に確保された**生が、そのまま妥当《だとう》な計算と決断にだけ依存するようにと求めているのだ」（本書二八頁）。人間の生のためにあるはずの学問、政治、芸術もそれぞれの分野のなかでの活動に明け暮れし、生という主人を失っている。「学問、政治、芸術は、どれもそれ自体のためにだけ、孤立して生きていかざるをえなくなっている。それぞれが主人を亡くした従者のようなのだ」（本書六頁）。こうしたなかで強大になっていくのはファシズム国家だけで、軍事力を全面に出したこれらの国家の領土的野心を民主主義諸国は阻止できずにいた。一九三八年九月のミュンヘン会談で後者の国々はチェコスロヴァキアのズデーテン地方の割譲をナチス・ドイツに認め、その見返りで平和を確保できたと喜んだが、一九三九年九月、ナチス・ドイツはポーランドへ侵攻して第二次世界大戦が始まっている。西欧諸国へのドイツ軍の侵攻は翌年の五月に開始され、六月にパリはあっけなく占領された。

本書が雑誌に掲載された一九三八年七月、フランス社会はこのような悲劇に至る衰退の途上にあった。バタイユの診断では、この社会は「人間でありたいという欲求」「存在したいという貪欲《どんよく》で力強い意志」を自覚のないまま失っている。人々は、教条主義で硬直した組織のなかでただ党利党略の歯車におさまっていたり（政治の世界）、フィクションの創作に甘んじていたり（芸術の世界）、血の通わない真理の追求にうつつをぬかしていたり（学問の世界）、今あるこの生を十全に、実際に、そして意識的に、生きようという気概を失っている。自覚のない同時代人に生への自覚を迫るのが本書であり、その要《かなめ》に恋愛論が置かれている。バタイユの恋愛論がどのようなものなのか、基底にある彼自身の恋愛と対応させながら、捉えてみよう。

バタイユとロールの馴《な》れ初《そ》めは偶然の出会いで、一九三一年頃、パリ六区サン＝ジェルマン＝デ＝プレのカフェーでのことだった。店の名前はリップ。左翼系の活動家がよく集まるカフェーで、バタイユは当時加入したばかりの政治団体「民主共産主義サークル」のリーダー、ボリス・スヴァリーヌ（一八九五―一九八四）と夕食をともにしたのだ。そのときバタイユは妻のシルヴィアを、スヴァリーヌはロールを同伴させていたのである。

ロールはそれまでの波乱に満ちた人生で疲れはてていて、スヴァリーヌは彼女の父親役をかねた愛人だった。だがバタイユにとってリップでの彼女の第一印象は格別だった。ロールの死後に書かれた彼の回想によれば「スヴァリーヌ（こんなに魅力に乏しい男もいない）がこれほど美しい女性と一緒にいるのを見て私は驚いた」。「最初の日から私は彼女とのあいだに完全な透明性を感じていた。最初から彼女は私に全面的な信頼感を引き起こした」（バタイユ「ロールの生涯」、『内的体験』用の一九四二年の手帳に書きこまれていたテクスト。佐藤悦子・小林まり訳『バタイユの黒い天使　ロール遺稿集』に所収）。本書でいう最初の幻影である。「愛する存在《ひと》のイメージは、はじめに、つかのまの輝きとともに現れる。このイメージを目で追う人はこのイメージに明るく照らしだされ、同時に恐怖を覚える」。「この誘惑に恐怖しながら心を燃えあがらせたとしても、さらに必要なのは、この愛する存在《ひと》のイメージが幻影であることに気づいていくことなのだ」（本書二〇頁）。

バタイユは恐怖という点を強調している。なぜなのか。

それは恋愛が最初から偶然に支配されているからである。それも人間の生活を乱したり壊したりするような偶然だ。人間の力ではどうにもならない偶然、それを人間は運命と呼んでいるが、バタイユから見て恋愛とは運命を愛するということであり、それに翻弄《ほんろう》されることを肯定することなのだ。バタイユはニーチェの「運命愛」の教説（本書三九頁訳注［3］を参照のこと）を恋愛に適用している。もしも恋愛において運命に翻弄されるのが怖くていやならば、愛することをやめるしかない。その自由はもちろん誰にでもある。「何も愛さずにいるということが人間には許されている。というのも、人間を誕生させたこの原因も目的もない宇宙は、必ずしも、人間が受け入れることができるような運命を人間に与えてきたわけではないからだ」（本書七頁）。

バタイユにとって恋愛は、宇宙を愛するというところまで視野に持つ。結核のように恐ろしい不幸をも気ままに配する宇宙、人間の生活を壊しかねない宇宙を愛するという視野にまでバタイユは立っている。バタイユの恋愛論は、恋人への愛、運命への愛、宇宙への愛という奥行きを持つ。ということは、この当時のバタイユは、恋人を愛しながら、その恋人を結核で奪う宇宙をも同時に愛していたということになる。この矛盾はたいへんな苦痛だったのではあるまいか。相当の覚悟でこの恋愛論は書かれていたのではあるまいか。

が、ともかく偶然を強調するバタイユをもう少し追ってみよう。

現在、何枚もロールの写真が残っているが、バタイユに言わせれば「ロールの美しさは慧眼《けいがん》な人々にしか現れない」(「ロールの生涯」)。思い入れの激しい言い方だ。相手を美しいと思う気持ちは本書ではもっと冷静に語られている。数ある女性のなかで、どの女性を好きになるかという選択を決定しているのは偶然の重なりでしかないし、その女性の姿見の美しさも偶然の結果でしかない。しかもそこにはまた、見る側の偶然も影響している。「単純な偶然の重なりが男と女の出会いを準備しているのだし、男がしばしば死ぬほどまでに結ばれていると感じている運命の女の形象を作りだしているのも偶然の重なりなのだ。この形象の価値は男の欲求いかんにかかっている。ただしこの欲求は、ずっと以前から男に執拗《しつよう》につきまとっていながら、なかなか満たされずにきたので、愛する存在《ひと》が現れたとたんこの存在《ひと》に極端な好運という色合いを与えてしまうのだ」(本書二四頁)。

バタイユとロールが出会った当初、関心を強く持ったのはむしろロールのほうだったらしい。サドを愛読していた彼女は、その角度から『眼球譚』の作者に関心を持ったようだ(バタイユはこのエロティックな小説を一九二八年に限定出版している)。バタイユがロールに覚えた幻影を現実化しようと躍起になるのは、一九三四年七月からである。獣のように彼女を追い回すようになるのだ。

ロールの心は、スヴァリーヌへの恩義とバタイユの激しい求愛との間で引き裂かれた。精神の療養のためにバタイユから離れたところで休まねばならないほどに。一方のバタイユも、妻シルヴィアとの関係が疎遠になっていくなかで、ロールとの曖昧《あいまい》な関係に心の安定を失っていく。彼のそうした心情は一九三五年五月に書き上げられた小説『空の青』の主人公にかなり投影されている。うだうだとした行為と液状の心模様が全編に広がっている。身持ちの悪いヒロインのダーティにも幾分かロールの影が入っているのだろう（詳しくは拙著『バタイユ　魅惑する思想』を参照のこと）。だが結局、両者は一九三六年のおそらく七月には一つの部屋で暮らすようになる。最初はパリで、次いでパリ郊外のサン゠ジェルマン゠アン゠レで。「最初の日には幻影でしかなかったものが、嵐のような愛の動きによって真なるものになる」（本書二二一頁）。

バタイユが本書の恋愛論で強調するのは、幻影が真実として生きられるようになる進展である。ただし注意すべきなのは、バタイユはけっして幻影を否定しているのではないということだ。現実のなかで最初の幻影を再度生きるということなのである。「恋人たちの真の世界」とは「お互いを再発見しあう世界」なのであり、そのお互いとは幻影の魅惑を帯びたままの存在なのだ。「この［恋人たちの真の］世界では、まさに男女が、相手を見初《みそ》めたときと同じような姿で、つまり相手の運命の心震わす形象となって現れたときと同じような姿で、お互いを再発見しあうのである」（本書二二二頁）。「一人の女の突然の出現は、錯乱した夢の世界の出来事のようだったのだ。しかし、今や、抱擁《ほうよう》のうちに肉体を所有すると、裸のまま快楽に浸る夢幻の形象が、現実そのものの寝室の世界の中へ投げ込まれるのだ」（本書二二三頁）。抱擁する相手は、「運命の心震わす形象」のままなのだ。スタンダールの恋愛論では「結晶作用」が謳《うた》われているのだが、バタイユにとって「愛する存在《ひと》」は、おぼろのまま、明確に結晶することがない。『ドキュマン』時代（一九二九―三〇）の不定形の美学が依然継承されている。そして「愛する存在《ひと》」は、不定形のまま、運命を司る宇宙を感じさせている。抱擁しあう二人は宇宙につながっているのだ。

このように一室の恋愛が外部の宇宙に開かれていることをバタイユはのちに窓の比喩を使ってこう言い表した。本書より一三年後の一九五一年、イタリアの雑誌に発表された恋愛論の一節である。恋愛という「窓は、個々の事物たちの夜から事物たちの不在の昼へ開かれていて、我々を形も様態もない単純さの前に立たせる。言語はこの単純さを表現することができない。ただし詩の形象や否定の表現は別だが」（「死すべき存在の愛」）。昼間は太陽の光がさんさんとさして事物が輪郭を失っているように見える。物体の形がさだかに見えなくなっている。この感覚は、一九四九年に刊行された『呪われた部分―第Ⅰ巻　蕩尽《とうじん》』にさらに詳しく書かれている。ブルゴーニュ地方、ヴェズレーの仕事部屋の窓から、あるいはその前のテラスから丘陵一帯の田園風景を眺めたときのバタイユの印象だ。

曇った日には、太陽の光が雲によって等しく和らげられ陽光の戯れが薄らぐ。そのため曇りの天候は、《物を物本来の姿に還元させる》ような印象を与える。これは明らかに間違いだ。私の眼前に存在しているのは、結局のところ、宇宙にほかならない。そして宇宙は**物**ではないのだ。したがって陽光のもとで宇宙の輝きを見たとしても、私はいっこうに宇宙の認識を誤ったことにはならないのである。反対に太陽が隠れると、私には納屋や畑や生け垣がいっそうはっきり識別されて見えてくる。そうして、納屋の上で戯れていた光の輝きはもはや私の目には入らなくなり、この納屋、この生け垣が宇宙と私との遮蔽物のように見えてくるのである。

（『呪われた部分―第Ⅰ巻　蕩尽《とうじん》』）

物が個別に見えるのは曇りの日であったり、明かりの乏しい夜であったりする。だが夜についてバタイユは別なふうにも見ていた。ニーチェの言葉「夜もまた太陽である」（『ツァラトゥストラ』「酔歌」）に共鳴するバタイユは、夜に強い光を感じていた。この場合の光とは情念あるいは生と解してよいだろう。一九四四年出版の『有罪者』の断章である。

「私が夜と呼ぶものは思考の暗さとは違う。夜は光の暴力を持っている」。「夜は思考の若さであり陶酔である。夜がそうであるのは、夜が夜である限りでのこと、つまり夜が暴力的な不一致である限りでのことだ。人間が自分自身と不一致であるならば、その青春の陶酔は夜だ。最も甘美な青春でさえ夜の底の上で際立っている。昼を憎悪しながら夜を愛するということはできないし、逆にまた、夜を恐れながら昼を愛するということもできない。ディオニュソスの巫女《みこ》は、美、不謹慎、若さに酔いしれながら、死を表わす人物といっしょに踊る。この踊りは次の点で魅惑的なのだ。この二人のそれぞれが、自分であるところのものへの拒絶を相手のなかに見出してこの拒絶を愛するということ、そして両者の愛は、こめかみの血管が破裂する限界へ接近するということである」

（『有罪者』）

バタイユの夜は「浄《きよ》められた夜」ではない。人間の思考および情念の不一致、不和、対立をそのまま抱き込んで不浄になっている。そこには対立項として損得勘定や打算、ひがみや妬《ねた》みも棲《す》みついている。恋愛はそんな利己心をも含む不浄な世界から生まれるのだ。ただ、本書のバタイユにはまだ清浄さに期待しているふしがある。「下心など持つことのできない人々の純真な出会い」「素朴な無意識」(本書二七頁)といった言い回しにそれが感じられる。ただし彼はまた、この清浄さとその対立項「ペテンと手練手管をたえまなく案配する恥知らずな媚《こ》びた姿」との間に「微妙な差異が無数に存在している」(本書二七頁)とも書いており、単純に恋愛の至純さを言い立てられないことをわきまえているように見える。

ともかく恋愛は、不浄な夜から生まれ、死の気配と踊る。死にできる限り接近して、そこで踊る。この生と死の舞踏はまた宇宙に向かっても開かれている。そこは昼のようでもあり夜のようでもある。人間も物も明瞭な形を失って混ざりあい、しかも完全に溶融しているというわけではなく、それぞれの生の欲求を対立させ戦い、滅ぼしあっている。

一九三八年のバタイユは恋愛を宇宙とのつながりで捉えながら、同時にまた一個の物体のようにも見ていた。「恋人たちの真の世界」を形ある生命体のようにも見ていた。一九五一年の恋愛論「死すべき存在の愛」では、恋愛の最中の男女は「一陣の風のなかの二つの息吹」とさらりと語られるのに対して、一九三八年のバタイユでは、「こうして燃えあがった炉《ろ》が一つの現実の世界を作りあげる」(本書二二頁)、「愛し合う二人は身体を一つに結び合わせる」(本書二二頁)となる。

誰しも恋愛の成就とは二つの存在が一つになることだと考える。恋愛とは、生き生きとした一つの世界の形成なのだ。だが一九三八年のバタイユは、こういった一般の恋愛観とは別に、「総合性」(totalité)あるいは「一体性」(unité)という考え方に従っていた。「生きた人体と同様に、一個の人間の総合性は、いくつかの部分に分断されたりしない。生とは、生を合成する諸要素の雄々しい一体性のことなのである」(本書一八頁)。

「一体性」という言葉は集合状態を表わすフランス社会学の用語「共同」(communion)とも重なっている。宗教の儀式や祭りのさなかに実現される情念のつながりを言う用語である。ただし共同体の成員の間のつながり、共同体内部の合一が第一に念頭に置かれているのであって、共同体の外へこのつながりが広がっていくことは重視されていない。そこが「交流」(communication)と違う。「交流」は地域の限定、時代の制約を越えて、情念がつながっていく事態を指す。一人のフランス人がヒロシマの人々と交わり、はたまたラスコーの旧石器時代の人々と交わる。一九三〇年代後半のバタイユは、フランス社会学の成果を背景に、この「共同」という言葉のほうをよく用いて、共同体論を展開した。本書もその系譜にある。

もっと正確に言うと、本書は二つの軸の交差したところで成り立っている。縦軸として、ニーチェの「運命愛」にそった思想の軸、すなわち偶然を配する宇宙への愛という軸がある。他方でフランス社会学の「共同」「一体性」の横軸がある。こちらもその先は「交流」に接続されて宇宙に至るはずなのだが、本書では同時代の社会と社会学が制約になっている。緊迫する国際社会のなかで、衰退したフランス社会をどうするのか。他方で社会学は、当然と言えば当然だが、社会という枠を前提にしている。社会という一個の共同体を枠組みに設定し、その中の人間の在り方を考察する。人間の集団の捉え方が限定的なのだ。第二次世界大戦のさなかのバタイユ、そして大戦後のバタイユは、不定形の広大な共同体の発想へ移っていく。彼の経済理論が宇宙に開かれた地球規模の普遍経済学へ移っていくように、彼の共同体論も限定共同体から普遍共同体へ広がっていく。

大戦中のバタイユは『内的体験』（一九四三）、『有罪者』（一九四四）、『ニーチェについて』（一九四五）という断章形式の思索書を相次いで発表した。これら一連の書（のちに『無神学大全』の総題のもとに統べられる）は限定性のない共同体、言い換えれば時代と地域の制約のない「交流」(communication) のための書である。社会的であり社会学的である「共同」(communion) から無制約の「交流」(communication) へバタイユの関心は移っていく（たしかに「共同」「総合性」という言葉をバタイユは戦中、戦後においても用いることはあるが、思想の力点は「交流」に移っている）。彼にこの推移をもたらした要因はいくつもあるが、重要なのは、「聖なるもの」という発想、いや体験である。

概念としての「聖なるもの」もたしかにフランス社会学からの借り物だ。しかしバタイユはこの概念の内実を生きていくうちに人間同士の「共同」が無制約的な広さを持つことに気づいていった。その意味で秘密結社「アセファル」（一九三六―三九）によるサン＝ジェルマン＝アン＝レの森での密儀秘祭は重要である。が、それとともに、いやおそらくそれ以上に重要だったのが、このパリ郊外でのロールとの共生、そして彼女の死、それに伴う苦悶《くもん》であったと思われる。

戦争直前の一九三九年前半にバタイユは「聖なるもの」という論文を発表した。それによれば、キリスト教が聖なるものを神という特別な存在に仰々《ぎょうぎょう》しく実体化したのに対して、聖なるものそれ自体は「共同的一体性（unité communielle）の特権的な瞬間、ふだん抑圧されていたものの痙《けい》攣《れん》的な交流の瞬間にすぎない」（論文「聖なるもの」の翻訳は拙訳『ランスの大聖堂』所収）。この論文のバタイユは「共同」から「交流」への過渡的段階に、その最終段階付近にいる。一九三八年七月刊行の本書もこの途上に位置づけられる。

彼に聖なるものを教えたフランス社会学がどんなものだったのか、本書でのバタイユの言及は簡単だ。「社会学は、発展を遂げた――とりわけフランスにおいて――ように見えるが、それは、社会学を引き受けた人々が、社会的事象と宗教的事象との一致を意識していたからにほかならない」（本書三五頁原注【1】）。この一致とはどのようなことを指しているのだろうか。

フランス社会学とはエミール・デュルケイム（一八五八―一九一七）によって創始され、弟子のマルセル・モース（一八七二―一九五〇）に受け継がれていく学問である。未開民族の社会とその宗教行為に注目して、聖なるものと俗なるものの識別を立てたところに特徴がある。それによれば、日常の生活で人々は、同じ共同体に属していても、それぞれの労働や関心事に追われていて、個々バラバラの状態にある。フランス社会学はこれを俗なる状態と呼んだ。そういう非連続の状態にあった共同体の成員が、宗教の儀式や祭りでは、情念の次元から一体性を得て、連続性を実現するようになる。これが聖なる状態だ。この聖なる状態を実現するにあたって重要な役割を果たしているのが、供犠《くぎ》という行為である。共同体の成員にとって最も大切なもの、例えば農作物や動物、場合によっては人間を神々に捧げて滅ぼしてしまう行為である。この捧げものによって共同体は神々からの見返り、たとえば農作物の豊饒《ほうじょう》を期待する。ギブ・アンド・テイクの打算的な行為であるが、しかしフランス社会学は聖なる状態に注目した。この供犠の破壊行為において、大切だと思われていたものが破壊されて、成員の心理が不安定化し、個人の枠が壊され、情念が異様に高揚したまま流出し、交わりだすという現象に注目した。

バタイユは一九二〇年代からデュルケイムの『宗教生活の原初形態』（一九一二）やモースとユベールの共著『供犠の本性と機能についての試論』（一八九九）を読んで啓発を受けていたが、根本的なところでフランス社会学に疑問を感じていた。それは社会を論じていても題材が未開社会であって、現代の西欧社会と接点がないことである。バタイユは、フランス社会学を現代西欧社会へつなげるために、「社会学研究会」を一九三七年にミッシェル・レリス、ロジェ・カイヨワと立ち上げた。講演会形式の会で、第一回は同年一一月二〇日にパリ五区の書店の一隅で開かれた。本書を掲載した『新フランス評論』の一九三八年七月一日号は「社会学研究会のために」と特集名が付されていて、カイヨワの「序論」と論文「冬の風」、レリスの論文「日常生活のなかの聖なるもの」も掲載されている。いわば一般向けの遅ればせのマニフェストだった。三本とも個性豊かな論文だが、一致するところは、合理主義と個人主義に凝り固まった近代フランス社会への危機意識である。裏には、ファシズム国家の脅威がある。これに対抗しうる社会原理の案出が緊急の問題だった。聖なるものによる一体性の実現に彼らは期待をかけた。

本書バタイユの論文の基本的な立場は原注【1】の次の言葉に要約されている。「このテクストは、正確に言うと、社会学の研究ではなく、ある視点の明示である。その視点とは、社会学の諸成果が、専門化した学問の関心への応答ではなく、このうえなく雄々しい欲求への応答として現れてくることができるような視点である」（本書三五頁）。この「雄々しい欲求」とは近代フランス社会の衰退を念頭においての発言にほかならない。社会学の成果を学問の世界で取り沙汰していても、実存の雄々しさは望めない。聖なるものを体験的に共有してこそ、社会の一体性は回復されるだろう。だが恋愛に頼むことは難しい。「《恋人たちの世界》を社会の原初的形態とみなしたりすれば、それは間違いなのだろう」（本書三六頁、原注【3】）。「愛はそれだけで一つの世界を作りあげるのだが、この世界の周囲に対しては何も影響を与えずにいる」（本書二九頁）。本書のバタイユは、一転、神話に期待をかける。「次々試練にあって心を打ち砕かれてしまった人に、唯一神話だけが、豊かな生を送り返す。人々が集う共同体へと広がっていく豊かな生をイメージにしてこの人に送り返すのだ」（本書三〇頁）。ただし神話は、供犠《くぎ》や祝祭を生きる共同体と密接な関係を持っていなくてはならない。そうでないなら、ただのフィクションにすぎなくなる。この聖なる共同体が、バタイユにとっては、秘密結社「アセファル」であり、熱く沸騰した発表の集い「社会学研究会」だった。

しかしここには根源的な矛盾がある。はたして聖なるものは一個の共同体のなかにおさまる現象なのか。「聖なるもの」は、祝祭の「共同」の場で生まれるが、「共同」の枠を越えていく可能性を持つ。バタイユはすでに「社会学研究会」の発足時にはこの可能性を意識していて、「伝染」(contagion)という言葉で言い表していた（本書四八―四九頁訳注［21］にあるカイヨワの証言）。「社会学研究会」への参加を要請されたヘーゲル学者のアレクサンドル・コジェーヴはこの「伝染」に危険なものを感じていた。ゲーテが詩に表わした「魔法使いの弟子」のごとく、自分が解き放った聖なるものが収拾のつかないほどに広がって、バタイユ自身翻弄《ほんろう》されてしまうのではないかと批判したのだ（本書四八―四九頁訳注［21］）。本書の題名はこの批判を受けてのものである。バタイユの応答は最終節に集中しているが、慎重で歯切れが悪く、矛盾を含んでいる。

言わんとするところは、自分は魔法使いの弟子のごとく無自覚な人間ではなく、聖なるものに対して意識的で厳密な態度を取っているということだろう。聖俗の区別をしっかり立てているからこそ、神話を国家形成に役立てることはせず、また祝祭共同体を俗なる社会から離れた秘密結社で営むのだとする。だが聖なるものの「伝染」はどうなるのか。聖なるものを狭い「共同」のうちに閉じ込めることは聖なるものへの裏切りではないのか。他方でバタイユは魔法使いになろうとはしていない。聖なるものを自在に操る人間になろうとはしていない。聖なるものが本来、人間の操れるものでないことを知っているからだ。その意味で彼は魔法使いではなく、魔法使いの弟子に留まろうとしている。

　ゲーテは魔法使いの弟子の未熟さを表現したかったのだ。弟子は、帚《ほうき》に呪文をかけて水汲みの仕事をさせたはいいが、この魔法を解く呪文を忘れてしまい、部屋を水浸しにしてしまった。師が帰ってきてやっと事態は終息した。人間の思うように魔法を使うのはこの弟子の師だけではない。ナチスの首謀者たちは、いかがわしいゲルマン民族主義の神話を広めたり、神秘的雰囲気たっぷりの夜の大集会を開いたりしながら、巧みにドイツ国民を魔法にかけ、軍事国家の「一体性」を実現した。だが人間の意のままになる神聖さなどたいした神聖さではないのだ。本来の聖なるものは、宇宙と同じような諸力の自由な戯れであり、人間の知も力も嘲笑《あざわら》って、暴威をふるいだす。しかしまた、宇宙がその戯れを気ままに続けているのと違って、人間との接点で生じる「聖なるもの」は、たとえ祝祭の場で激しく発露しても、持続しない。破壊の武器のごとく存続させようと人間が思っても、あっけなく沙汰やみになってしまうのである。「聖なるもの」は「共同」の枠の彼方へ広がっていくのだが、持続せず瞬間の出来事として消えていく。一九三九年の論文「聖なるもの」にあるように、聖なるものは「痙攣《けいれん》的な交流の瞬間」にすぎない。軍事国家の対抗原理などにはとうていなりえないのだ。

バタイユが論文「聖なるもの」の重要な一句（「聖なるものとは共同的一体性（unité communielle）の特権的な瞬間、ふだん抑圧されていたものの痙攣的な交流の瞬間にすぎない」）の発想に立ち、これを書き留めたのは、彼自身によれば、ロールが四日間の死の苦しみに入る直前、その数分前のことだった（ロールは一九三八年一一月七日に死去している）。バタイユが驚いたのは、「聖なるものは交流だという逆説的な考え」をロールもまた彼女なりに綴《つづ》っていたことだ。両者が示し合わせていたわけではない。バタイユは、ロールが生前中に何を書いていたか知らなかったし、彼女との間で「知的会話」を交わしたこともなかった。ロールはそれでバタイユから軽蔑《けいべつ》されていると感じて、彼をなじったことすらあった。しかしバタイユからすれば「私は「知的会話」の避けがたい軽薄さだけを軽蔑していた」（『有罪者』、一九三九年九月三〇日と一〇月一日の草稿）。さながら「一陣の風のなかの二つの息吹」といった不一致だが、それと同時に二人はともに広大な「交流」という発想へ導かれていた。

ロールのテクストの末尾に私は、次のような走り書きされた最後の数行の文章を辛うじて判別することができた。

《詩作品は聖なるものである。というのも詩作品は核心的な出来事の創造、すなわち**裸体**のように感じられる交流の創造であるからだ。詩作品は自らを強姦する。裸体にする。生きる理由になっているものを他の人々に伝達する。ところでこの生きる理由は《移動》していくのだ》。

これは、先ほど私が引用した私自身のテクストの数行と何ら異ならない。《共同的一体性》はそれ自体、ロールが表現したものに本質的だった）

（『有罪者』一九三九年九月三〇日と一〇月一日の草稿）

「生きる理由」というのがいい。生きがいだとか社会での役割といったことを言っているのではない。虚飾を取り払われた、むき出しの生の魅力を言っているのである。それが不特定の人々に伝わっていくというのだ。このロールの言葉は「聖なるもの」と題された彼女の断章の末尾にある。一九三八年の夏に書かれた断章である。右記『有罪者』のバタイユの草稿は一九三九年のものだが、まだバタイユは社会学の概念「共同」にこだわっている。しかし同じ一九三九年に、ロールの「聖なるもの」をバタイユとレリスが出版したときにこの二人は次のような注記を付した。ロールの発想はフランス社会学の唱えているような「人間相互の交流」だけでなく、「人間と宇宙の間の交流」をも考えさせるというのである。バタイユとロールは、愛の共生のなかでそれぞれに「交流」の広い発想を胚胎《はいたい》させていたのだろう。恋愛は二人の人間だけに閉ざされているのではなく、広い世界への欲求を生みだす。たとえ相手が死んでも、追想のなかから恋情が甦《よみがえ》って、広大な世界へ向かわせる。そこがどす黒い感情の世界であっても、呼びかけたいという思いを引き起こす。

一九三九年九月、戦争の勃発とともに秘密結社「アセファル」も「社会学研究会」も瓦解《がかい》した。すでにそれ以前から同士たちはバタイユに距離をとりだしていたが、これを機に形ある共同体は消えていく。ロールはすでにこの世にいない。バタイユは「生きる理由」を見失いかけていた。

自殺すら考えていたらしい。同年九月十三日の夜、彼は彼女の墓へ詣《もう》でた。自宅の扉を開けると、そこはもう漆黒《しっこく》の闇の世界である。サン＝ジェルマン＝アン＝レの森の道を行き、丘の斜面を登って、墓地に入る。墓石の群れが大地に横たわって白く浮かび上がっていた。

だがロールの墓は、植物に覆《おお》われていて、なぜかただひとつ完全に黒い広がりになっていた。その前にたどり着くと、私は、両腕の中に苦痛を感じだし、もう何もわからなくなった。そしてこのとき自分がまるで二体に分身したかのごとくになり、**彼女**を抱擁《ほうよう》しているかのようになったのだ。私の両手は私自身の回りで消えて見えなくなっていた。そして彼女の身体に触れて彼女の臭いをかいでいるような気がしてきた。私は恐ろしい甘美さに捕われた。それはちょうど私たち二人が突然相手を見つけたときのような甘美さ、二人を分けていた障害が崩れ落ちたときのような甘美さだった。それから私は、自分にまた戻って、重苦しい生活の必要事に限定される思いにおそわれて、うめきだし、彼女に許しをこい始めた。苦い涙が溢れてくる。私はもう何をすべきか分からなくなる。彼女をまた失うことをはっきり知っていたからだ。自分がこれからなる人物、たとえばものを書いて自分がなる人物、あるいはさらにもっと低劣な人物を考えて、耐え難い恥じらいを覚えた。私はたった一つしか確信を持てずにいた（しかしそれはうっとりさせる確信だった）。失われた人々を体験することは、日々の活動の対象から切り離されると、いかなる意味においても限界がなくなるという確信である。

（『有罪者』一九三九年九月一四日の草稿）

死んでいった人々を追体験する。彼らは、記憶の中から生き返って、「生きる理由」を伝えてよこす。しかしこの「生きる理由」、この生の魅力を彼らに授けていたのは、結局のところ、宇宙なのだ。彼らの命をこともなげに奪った宇宙なのである。人を愛するとは、その人がむき出しにする「生きる理由」を愛することであり、行き着くところは宇宙を愛するということである。ところがその宇宙が「愛する存在《ひと》」を滅ぼしていったのだ。

宇宙への愛を徹底させるならば、宇宙がもたらす死をも肯定することになる。ロールの死を肯定し、彼女を愛した自分の死をも肯定することになる。だがロールは生きてその肉体で「生きる理由」を伝えていたのだ。死した直後の彼女の写真が残されているが、血痰の染み込む白いシーツと枕の中の彼女の表情は、もっと生きたかったという悲しさを湛《たた》えている。

その後バタイユは人と宇宙の間に、意識の体験、彼いうところの「内的体験」の新たな場を切り開いていった。「極限」、「非-知の夜」、「恍惚」、「至高性」と様々な名をその境地に与えたが、彼にとって大切だったのは、この狭間を可能な限り横滑りしていくことだった。宇宙のほうへ進み出て自死するのでなく、人の世界に撤退して「生きる理由」に背を向けながら死んだように生きるのでもなく、二つの世界の間の曖昧《あいまい》な境地をスライドし、宇宙との意識的な交わりを果たしていくというのである。一九四〇年春に彼はこの発想に達し、「交流」というテクストを書いた。彼によれば、「**横滑り**の原理——**交流**を統べる掟のようなものだ——を表現したとき、私は、根底に達したと思った」(『内的体験』)。

以後、彼の思想はこの根底を中心にして展開されるようになる。バタイユは表現をもこの意識の極限の体験に対応させせようとした。「内的体験の表現は内的体験の運動になんらか呼応していなければならない。言葉のうえだけの無味乾燥で、整然と果たされうるような表現になることはありえない」(『内的体験』)。断章形式で無秩序に綴《つづ》られた戦時中の三部作(『内的体験』、『有罪者』、『ニーチェについて』)は表現に寄せる彼のこの姿勢の投影だと言える。そしてこの三部作は神話だとも言えるのだ。

「交流」は無限定の共同体を実現する。バタイユの言うとおり、神話が共同体に密着しているとするならば、様々な「交流」の瞬間を綴った無数の断片はそれぞれが神話だと言える。英雄もいなければ、物語性もないが、無限定の聖なる状態が表現されている。「極限は窓なのだ」(『内的体験』)と語るバタイユのその断章の広さを信じたい。

本書は、第二次世界大戦の直前、一九三八年七月に雑誌『新フランス評論』第二六巻第二九八号に発表されたバタイユの論文「魔法使いの弟子」の拙訳である。既訳は二本あり、それぞれから多くを学んだ。感謝の気持ちを表わしたい。今回新たに訳出した理由は、できるだけ多くの方々に平易な言葉でバタイユの思いを伝えたかったことにある。愛と生はこの作家の生涯のテーマであり、本書はその一断面にすぎない。しかし、前途はただ暗さを増すばかりの西欧の困難な時代に、直接的な生の感覚こそが大切なのだと切羽詰まった口調で主張するバタイユの気概は、媒介《メディア》に染まって無自覚なままの我々の衰退を意識させ、「生きる理由」の何たるかを教えてやまないと思うのだ。

酒井健

二〇一五年九月

ジョルジュ・バタイユ（一八九七―一九六二）

二〇世紀フランスの総合的な思想家。小説、詩も手がける。生と死の狭間の感覚的かつ意識的体験に人間の至高の可能性を見出そうとした。その視点から、エロティシズム、芸術、宗教、経済など、人文系の多様な分野で尖鋭な議論を展開した。キリスト教神秘主義、シュルレアリスム、ニーチェ哲学などに思想の影響源がある。著作としては雑誌『ドキュマン』発表の諸論考（一九二九―三一）、『無神学大全』（『内的体験』（一九四三）、『有罪者』（一九四四）、『ニーチェについて』（一九四五））、『呪われた部分』（一九四九）、『ラスコー、あるいは芸術の誕生』（一九五五）、『マネ』（一九五五）、『文学と悪』（一九五七）、『エロティシズム』（一九五七）、『エロスの涙』（一九六一）などがある。

酒井健（さかい・たけし）

一九五四年東京生まれ。現在、法政大学文学部教授。著書に『バタイユ　そのパトスとタナトス』（現代思潮新社）、『バタイユ入門』『ロマネスクとは何か』（ちくま新書）、『ゴシックとは何か』（ちくま学芸文庫）、『バタイユ』『夜の哲学』『バタイユと芸術』『モーツァルトの至高性』（青土社）、『シュルレアリスム』（中公新書）、『死と生の遊び』（魁星出版）、『「魂」の思想史』（筑摩選書）など。バタイユの訳書に『至高性』（共訳、人文書院）、『ニーチェについて』（現代思潮新社）、『エロティシズム』『ランスの大聖堂』『ニーチェ覚書』『純然たる幸福』『呪われた部分―全般経済学試論・蕩尽』（ちくま学芸文庫）、『ヒロシマの人々の物語』『魔法使いの弟子』（景文館書店）。

魔法使《まほうつか》いの弟子《でし》
二〇一五年一一月二二日　初版発行
二〇二四年一〇月二五日　新装第一版第一刷発行

著者　ジョルジュ・バタイユ
訳者　酒井健（さかい・たけし）
発行者　荻野直人
発行所　景文館書店
〒四四四―三六二四
愛知県岡崎市牧平町岩坂四八―二二
印刷製本　大日本印刷
表紙・扉　市川実和子／キリンジ〈スウィートソウル〉PV

ISBN 978-4-907105-05-1　C0010
乱丁・落丁本は送料弊社負担にてお取替えいたします。

特講 私にとって文学部とは何か
——「遠方のパトス」のために
酒井健
ゼミ生の卒論、修論が書けずどん底だった院生時代に光となった論文、筆者の心で輝き続けるテクスト。哲学と芸術の交わりを掲げる哲学科教員の書き下ろし授業。 ISBN 978-4-907105-09-9
¥780

ヒロシマの人々の物語
G・バタイユ
酒井健訳
ジョン・ハーシーのルポ『ヒロシマ』を読んだバタイユが広島に投下された原子爆弾の悲劇、その人間的な意味について考察する。一九四七年『クリティック』誌発表。 ISBN 978-4-907105-04-4
¥520

太陽肛門
G・バタイユ
酒井健訳
世界が純粋にパロディであるのは明白なことだ。バタイユ二九歳、図書館司書。陽気で破廉恥に生きたい「病的な人間」だった頃——。 ISBN 978-4-907105-07-5
¥520

カイヨワ幻想物語集
ポンス・ピラト ほか
R・カイヨワ
金井裕訳
キリストを死刑に処したローマ帝国の官僚・ピラトの苦悩と決断を描く物語。ノア／怪しげな記憶／宿なしの話／ポンス・ピラト ●巻末付録『ポンス・ピラト』追記 ISBN 978-4-907105-03-7
¥1,200

日本語と哲学の問題
和辻哲郎
——とにかく我々は問うてみる、「あるということはどういうことであるか」。日常のことばの意味を整理し、真に日本語で哲学するための基礎付けを目指す。 ISBN 978-4-907105-06-8
¥520

吉田知子選集Ⅰ 脳天壊了
吉田知子
異界・幻想・ユーモアと恐怖の名短篇。吉田知子の作品集全三巻。脳天壊了／ニュージーランド／乞食谷／寓話／東堂のこと／お供え／常寒山 ●巻末・町田康 ISBN 978-4-907105-00-6
¥1,500

吉田知子選集Ⅱ 日常的隣人
吉田知子
日常的母娘／日常的夫婦／日常的嫁舅／日常的二号／日常的親友／日常的レズ／日常的隣人／日常的先生／日常的美青年／日常的患者／人蕈 ●巻末・町田康 ISBN 978-4-907105-01-3
¥1,500

吉田知子選集Ⅱ そら
吉田知子
小学生の女の子ノサキヨネコの世界を特異な文体で描く表題作他。泥眼／静かな夏／箱の夫／艮／穴／犬と楽しく暮らそう／幸福な犬／ユエビ川／そら●巻末・町田康 ISBN 978-4-907105-02-0
¥1,500

（価格は税抜きです）